发菩提心
一切欢喜

——林清玄散文精选

林清玄◎著

国际文化出版公司

·北京·

图书在版编目（CIP）数据

发菩提心，一切欢喜 / 林清玄著 . —— 北京 ：国际文化
出版公司 ，2018.5
ISBN 978-7-5125-1022-7

Ⅰ . ①发… Ⅱ . ①林… Ⅲ . ①散文集－中国－当代
Ⅳ . ① I267

中国版本图书馆 CIP 数据核字 (2017) 第 280541 号

本著作物经厦门墨客知识产权代理有限公司代理，由九歌出版
社有限公司授权国际文化出版公司，在中国大陆出版、发行简体字
版本。

发菩提心，一切欢喜

作　　者	林清玄	
责任编辑	戴　婕	
特约监制	苏　辛　孙小天　午　歌	
策划编辑	兰　青	
封面设计	仙境设计	
版式设计	仙境设计	
出版发行	国际文化出版公司	
经　　销	国文润华文化传媒（北京）有限责任公司	
印　　刷	北京文昌阁彩色印刷有限责任公司	
版　　次	2018 年 5 月第 1 版	
	2018 年 5 月第 1 次印刷	
开　　本	880 毫米 ×1230 毫米　　　32 开	
	8 印张　　　163 千字	
书　　号	ISBN 978-7-5125-1022-7	
定　　价	45.00 元	

国际文化出版公司
北京朝阳区东土城路乙 9 号　　　　　邮编：100013
总编室：(010) 64271551　　　　　传真：(010) 64271578
销售热线：(010) 64271187
传真：(010) 64271187-800
E-mail：icpc@95777.sina.net
http://www.sinoread.com

目录

第一部分

不负赤子心

在孩子的眼里，什么都是美丽的，连山上的野草也不例外，我们第一次上山的时候，他简直惊叹极了，即使是夏秋之交，山上的野草也十分繁盛，就好像是春天一样。

本来面目

　　还我本来面目的第一件事是一天花十五分钟坐下来想想：我是谁？我从哪里来？我要往哪里去？现在的生活是不是我要的？什么生活才是我要的？

　　我常常觉得在现在的社会里，真实的人愈来愈难见了。

　　所谓"真实的人"，就是有风格的人、特立独行的人、卓尔不群的人、不随同流俗的人——也就是对生活有一套自己的看法，对生命有一个独立的理想目标的人。

　　这样的人在古代颇为常见，即使到三十年代，中国还出过许多有风格的人，我把这种人称之为"本来面目"。这"本来面目"就像古代的禅师对山说："山啊！请脱掉披覆在你外表的雾衣吧！我喜欢看你洁白的肌肤。"

　　遗憾的是，我们现代人往往丢失了原来的洁白肌肤，而在外表披覆了雾衣，所以当我们说"古道照颜色，典型在宿昔"的时候特别感触良深。为什么颜色都在古道，典型都在宿昔？我们这一代的人有什么颜色，什么典型呢？

有时候我会想：为什么现代人既没有颜色，也没有典型？然后自己拟出了两个答案，一个是现代人失去了单纯的生活，也失去了单纯的对生命理想的热爱。一般大人物的一天固然是案牍劳形、送往迎来、酬酢交错、演讲开会，二十四小时里难得有十分钟静下来沉思，对生活与生命的本质就难以了解。而小人物呢，为了三餐奔波辛劳，为了逢迎拍马而费心，为了物欲享受而拼命，虽然空闲较多，但是夜间或在秦楼酒馆流连，或在家里盯着电视不放，更别说静下来思想了。

这真是个社会的危机，我时常到乡下去，发现如今的乡下人不再是"日出而作，日入而息"，而是跟随着电视作息，到半夜才眠；都市人更不用说了——为什么没有人能静静地坐上几分钟、一小时呢？

一个是现代人常强人所难和强己所难。我们常看到一种情况，一桌酒席下来，主客喝了十几瓶洋酒，请的人心疼不已，仍勉强自己请之；被请的人过意不去，仍勉强别人请之，然后说这是尽兴。

推而广之，是自己不愿做的事推给别人做，或者别人不肯做的事推给自己做。可叹的是，我们做一件事的原因，往往是别人喝完一杯咖啡时，在白纸上写下我们的名字，有时候因为这样决定了我们的 生，反之亦然。所以我们在写下一个名字时，是不是也站在别人的立场想一想呢？

我们的本来面目，就因为生活不能单纯，因为强人所难与强己所难而失去了。久而久之就像同一厂牌的圆珠笔，每一支虽是独立的个体，而每一支都一样。这像禅宗说的"白马入芦花"，有的人明明是白马，入芦花久了，白白不分，以为自己是芦花了。也像是"银碗里盛雪"，本来是银碗为雪所遮，时日既久，自以为雪，而在时间中融化了。本来面目非常重要，只有本来面目，才能使我们做一个完整的人，做一个自在的人，以及做一个独立和成功的人。

还我本来面目的第一件事，是一天花十五分钟坐下来想想：我是谁？我从哪里来？我要往哪里去？现在的生活是不是我要的？什么生活才是我要的？

然后，我们才有机会做一个有风格的人，做一个真实的人，做我自己。

种草

在孩子的眼里，什么都是美丽的，连山上的野草也不例外，我们第一次上山的时候，他简直惊叹极了，即使是夏秋之交，山上的野草也十分繁盛，就好像是春天一样。

"我们带一点草回去种好吗？"带孩子去爬山的时候，他好几次提出了这样的要求。

最近住在乡下，每天黄昏的时候，如果天气好，我总会和孩子到后山去走走，偶尔也到山下去看农人的稻田，走过泥土坚实的田埂，看着秋天的新禾在微风中生长。

对于在城市中长大的孩子，看到乡下的一切都感到非常新鲜，尤其看到没有看到过的东西，有一次我们在田埂上走，他说："爸爸，我们带一些稻子回去种好吗？"

"为什么呢？"

"因为稻子长大，我们就不必买米了，要煮饭的时候，自己摘来煮就好了。"孩子充满期盼地说，就仿佛自己种的稻子已经长成。

　　"要种在哪里呢？"我说。

　　"我们家不是有很多空花盆吗？把稻子种在里面就行了呀！"

　　我只好告诉他，种稻子是很艰难的工作，可不比种一般的盆景，要有一定的水土，还要有非常耐心的照顾，我们是无法在花盆里种稻子的。

　　"那么，我们种牵牛花吧！牵牛花也很美。"孩子说。

　　有一次，我们就摘了很多牵牛花的藤蔓，回去种在花盆，可惜不久后就都枯萎了。孩子很纳闷，说："为什么在野外，它们长得那么好，我们每天浇水，反而长不出来呢？"

　　后来我们挖了一些酢浆草回家，酢浆草很快就长得很茂盛，可惜过了花期，开不出紫色的小花，我对孩子说："等到明年，这些酢浆草就会开出很美丽的花。"

　　在孩子的眼里，什么都是美丽的，连山上的野草也不例外，我们第一次上山的时候，他简直惊叹极了，即使是夏秋之交，山上的野草也十分繁盛，就好像是春天一样。尤其是在夕阳之下、微风之中，每一株小草都仿佛是在金黄色的舞台上跳舞，它们是那么苗条而坚韧，用一种睥睨的态势看着脚下的世界。从远景看，野草连成一片，像丝绒　般柔软而温暖。

　　孩子看着这些草，禁不住出神地说："爸爸，我们带一点草回去种好吗？"

听到这句话时,我略微一震,"种草?"对一个出生在农家的我,这是多么新奇而带点荒唐的想法,我们在田野里唯恐除草不尽,就是在花盆里也常常把草拔除,这孩子居然想到种一盆草!

孩子看我无动于衷,用力拉我的手,说:"爸爸,你不觉得草也和花一样美吗?如果能种一盆草放在阳台,它就好像在山上一样。"

孩子的话立刻使我想到自己的粗鄙,花草本身没有美丑,只因为我心里有了区别,才觉得草不如花。若我能把观点回到赤子,草不也是大地的孩子,和一切的花同样美丽吗?于是我说:"好吧!我们来种一盆草。"

种草就不必像种花那么费事,我们在山上采草茎上成熟的种子,草种通常十分细小,像是海边的沙子,可是因为数量很多,一下子就采了一口袋。回到家里,我们把一些曾种过花而死去的空花盆找来,一把把的草种撒在上面,浇一点水,工程很快就完成了。孩子高兴得要命,他的快乐比起从花市里买花回来种还要大得多。

一个星期后,每一个花盆都长出细细茸茸的草尖,没有经过风沙的小草,有一种纯净的淡绿,有如透明的绿水晶,而且株株头角峥嵘,一点也不忸怩作态,理直气壮地来面对这个与它的祖先完全不同的人世。

孩子天天都去看他亲手植种的绿草,那草很快地长满整个花盆,比阳台上的任何一盆花还要茂盛,我们有时把草端到屋内的桌上,看起来真的一点也不比名花逊色。看着一盆盆的野草,我有时会想起我们这些从乡野移居到城市讨生活的人，尽管我们适应了城里的生活，其实并未改变来自乡野的姿色，而所有的都市人，他们或他们的祖先，不都是来自乡野吗？只是有的人成了名花，忘记自己的所在罢了。这样想时，常使我有一种深深的慨叹。

所有的名花都曾是乡野的小草，即使是最珍贵的兰花，也是从高山谷地移植而来，而那名不闻世的野草，如果我们用清明的心来看，不也和名花无殊吗？

自然的本身是平等无二的，在乡野的山谷我们看见了自然的宏伟；在小小的花盆里，不也充满了生命的神奇吗？

戴勋章逛街的人

即使是最平凡的母亲带着孩子，我也看见母亲的勋章是无尽的爱，而孩子的勋章是毫不矫饰的天真，那时我感觉自己，也可以把那母亲的爱与孩子的天真，佩戴在我空白的胸前。

在街上遇到一个奇特的人，他戴着一顶黑帽子，帽檐上都是勋章。

他身穿一套藏青色的中山装，熨烫得非常齐整，他的胸前左右都挂满了勋章。

但他的腿断了一肢，裤管处打了一个结，他撑着支架，一步步走得很慢，即使是那样慢，我们也可以明确知道他曾是个极有威仪的人，从他的帽子、衣服，一直到只有一只也擦得雪亮的皮鞋，我们都能感受到他的威严。

这曾是一位指挥着大军的将军吧！我心里想着，因为具有如此威猛壮肃的精神者，在街上我们是很少见到的。

靠近一看，他的勋章真是美，绝对不是普通的单薄纪念章，而是厚实的、精致的，如同我们在电影上看见将军所垂挂的一般，有星星的光泽，掉在地上必然会发出金属一样响脆的声音。那时候他站在百货公司贩卖宝石的橱窗前面，我正站在橱窗的这边，隔着晶亮的玻璃，正视着他。他的勋章，比橱窗里的宝石更引人注目。

我忍不住脱帽向他致意，他露出和煦的微笑，然后我们在人潮里擦肩而过，没有任何交谈。回到家里，我心里老是惦记这位戴着勋章逛街的人，他是什么样的人呢？为什么他要戴着明亮的勋章在人群里行走呢？他的勋章怎么来的？他的腿又是如何失去的？

我找不到任何答案。

隔了一个多月，我又在仁爱路的红砖道上看见他，从背影，我就认出了那是在百货公司曾与我见过一面的人，我跟着他的背影走了很长的一段路，直到在复兴南路等红灯时，我们才并肩站在一起。

"先生，您好。"我说。

没想到这位胸前仍然挂满勋章的人说："呀！我们在百货公司曾见过一面。"然后他礼貌地伸手与我相握，他的手非常有力而温暖。

"您的勋章真是美！"我说。

他很高兴地笑了，说："难得有人看见我的勋章。"

我们就一边散步，一边谈起一排排勋章的故事，与我想象的非常接近，他果然是身经百战的军人，胸前的每一枚勋章都是在烽火中的奖赏。唯一与我的推测不同的是，他并非将军，只是一位身经百战的老兵，他胸前最后的一枚勋章，是失去他的左腿而获得的。

为什么每天戴满勋章到街上来呢？

他说："这是有点疯狂的行为，不过，像我这样的人，年纪又大，又断了左腿，一般人对我都不会太礼貌，有一次我试着戴勋章出来，才得到了一些尊重，遭到的白眼比较少了。"他以一种极严肃的口气说，"其实，我的左腿才是我最大的勋章，但是一般人总是最轻视它。"

当我们在下一个路口分手的时候，我特别感叹，通常最大的勋章是最难被看见的，何况是没有戴出来的，放在心里的勋章呢？

我虽然从不戴勋章出门，我也没有任何勋章，不过，我总是把每一个人都当成是有勋章的人，如果不能怀抱着敬重的心，不只看不到别人的勋章，自己的勋章也会失去。

即使是最平凡的母亲带着孩子，我也看见母亲的勋章是无尽的爱，而孩子的勋章是毫不矫饰的天真，那时我感觉自己，也可以把那母亲的爱与孩子的天真，佩戴在我空白的胸前。

天地间最美丽的勋章不是别的，正是对一切都抱着尊重与包容的心情。

高空气球

　　小时是人见人爱的赤子，稍长，是叛逆但无知的少年，成年以后则全身都武装着，随时准备攻击和防御，对陌生和善的人拼命狂叫，不辨善恶。

　　带着孩子沿信义路散步，孩子忽然看见远方高楼的顶上有一个非常巨大的气球，正随着黄昏的晚风飘荡，他兴奋地扯着我的手说："爸爸，天空上有个气球。"

　　顺着他手指的方向，我看见了那一个鲜红色的气球，原来是建筑业寻常使用的广告方式，斗大的宣传字体，在几百米外也看得十分清楚。这是多么平凡的气球，但对事事新鲜的三岁孩子，却好像发现了什么新的大陆。

　　"爸爸，我们去捉气球好不好？"孩子说。

　　"捉气球干什么呢？"

　　"我们把气球的绳子剪掉，让它飞到天空去！"这时，我才注意到气球下方的巨大绳子绑住了它。

我看着那座十四层的大厦对孩子说："那房屋太高了，我们爬不上去。"

没有料到孩子却说："怎么绑上去呢？人家上得去，我们也上得去。"

孩子的话使我一呆，对于小孩子来说，天下没有什么难事，天上的星月都想摘到怀里，何况是个气球！对大人来说，负担却太重了，即使要摘一个气球，都觉得是不可能的事，甚至于看到气球的时候早就忘记那是气球，觉得只是个广告招贴。

我像突然被点醒了，拍拍孩子的头说："好，我们上去捉气球。"

父子俩于是混进了大楼，坐进电梯，直接搭上顶楼，出电梯以后又爬了一层楼梯才总算到达气球的所在，但眼前景象使我吃了一惊。原来这是一个规划得非常美丽的屋顶花园，各种翠绿的植物正在春天展现它们旺盛的生命力，架上的杜鹃和菊花正在盛放。

我终于看到眼前的气球了，那气球真是巨大。在楼底下看见时未能想象的巨大，用一条粗麻绳系紧在屋顶的铁管上，大概是灌了很足的氢气，那麻绳笔直地伸入天空几丈的地方。

孩子非常兴奋，用力地扯那根麻绳，企图要把气球放到空中去，最后终于用尽力气，放弃了。

我们便站在屋顶上，像突然从人潮中被解开绳子到了空中，俯视着下班时蝼蚁一样的人潮，我竟感谢着自己的孩子，要不是他点醒，我不可能为了追一个气球而走进一处从未想象过的花园。

天色快要暗的时候，我们才循原路回家，沿途走过了几家狗店，从狗店里流出来兽类独有的气息，群犬在喧闹地乱叫，我正在准备掩鼻而过，孩子早已一头闯了进去，说："爸爸，快进来看，好多的狗狗，好可爱哦！"

仔细地看那些狗，才发现几乎所有的小狗都惹人怜爱，长到中型的狗儿则冷漠地卧着，成犬们见到陌生人不安地狂叫。只有刚出生不久的婴狗，见到任何人都亲昵地撒着娇，我那时在小狗身上好像看见了人。小时是人见人爱的赤子，稍长，是叛逆但无知的少年，成年以后则全身都武装着，随时准备攻击和防御，对陌生和善的人拼命狂叫，不辨善恶。因此狗店的主人把小狗放在廊下玩耍，而愈大的狗就关在愈坚固的牢笼中。

我突然想起孩子的话，"怎么绑上去呢？人家上得去，我们也上得去"，"怎么被关起来的呢？既然关得进来，就应该放得出去"。为什么我们自己关在小的空间中还不够，养动物时还要关进更小的空间呢？

我没有答应孩子要买狗的要求。

回到家时，看见七八只蟑螂围在一起吃东西，原来是不小心滴落在地上的一滴蜂蜜，我赶紧到处找拖鞋，想要一鞋掌打下去，结束它们的生命，就在我找到拖鞋的时候，孩子猛然大叫起来："爸爸，快来看，好多的蟑螂，好可爱哦！"使我拿在手中的拖鞋，颓然放下。

那一刻，面对孩子，我感觉自己是多么的可鄙，正像那飘浮在高空的气球，系着一条污黑的解不开的麻绳，孩子既用不着麻绳，也不是气球，他是高空中的一朵云，清明而无染，自由没有拘束。

　　夜里我梦见自己，正拼命地解开身上的绳子，那绳子却越解越紧……

掌中宝玉

每天把自己的玉捏一捏，久而久之，不但能肯定自己的价值，也能发现别人的美质，甚至看见整个世界都有着玉石与琉璃的质感。

一位想要学习玉石鉴定的青年，听说在远处有一位年老的玉石家，他就不远千里地去向老师傅学艺。

当他见到老师傅，说明了自己学玉的志向，希望有一天能像老师傅一样成为众人仰佩的专家。老师傅拿一块玉给他，叫他捏紧，然后开始给他上中国历史的课程，从三皇五帝夏商周开始讲，讲了几个小时，却一句也没有提到玉。

第二天他去上课，老师傅仍然交给他一块玉叫他捏紧，又继续讲中国历史，一句也不提玉的事。就这样，光是中国历史就讲了几个星期。接着，他向年轻人讲中国的风土人文、哲学思想，甚至生命情操，除了玉石的知识之外，老师傅几乎什么都讲授了。

而且，每天他都叫那个青年捏紧一块玉听课。

经过几个月以后，青年开始着急了，因为他想学的是玉，没有想到却学了一大堆无用的东西，有一天他终于鼓起勇气，希望向老师表明，请老师开始讲玉的学问。

他走进老师的房间，老师仍照往常一样交给他一块玉，叫他捏紧，正要开始谈天的时候，青年大叫起来："老师，您给我的这一块，不是玉！"老师笑起来说："你现在可以开始学玉了。"

这是一位收藏玉的朋友讲给我听的故事，有非常深刻的启示。

对于学玉的人，要成为玉石专家，不能光是看石头本身，因为玉石与中国文化是不可分的，没有深厚的文化素养，不可能懂玉。所以老师不先教玉，而先做文化通识的教化，其次，进入玉的世界第一步，是分辨是不是玉，这种分辨不只是知识的累积，常常是直觉的反应。

如果我们把这个故事往人生推进，也可以找到许多深思的角度，一是学习任何事物而成为专家都不是容易的事，必须经过很长时期的训练。二是在成为专家之前，需要通识教育，如果作为中国专家，就要先对历史、人文、哲学、思想、性格有基本的识见，否则光是懂一些普通技术有何意义？三是成为专家的第一步，应该有基本的判断，有是非之观、明义利之辨、有善恶之分，就如同掌中的宝玉，凭着直觉就知道为与不为，这才可以说是进入知识分子的第一步了。

这世界上任何有价值的智慧，都不是老师可以一一传授的，完全要依靠自己的体会，老师能教给我们认识宝玉，能不能分辨宝玉却要靠自己，那是由于宝玉不仅在掌中，也在心中。

　　每个人的心灵里都有一块宝玉，只是没有被开发，大部分的人不开发自己的宝玉，却羡慕别人手上的玉，就如同一只手隐藏了原有的玉，又伸手向别人要宝物一样，最后就失去了理想的远景和心灵的壮怀了。

　　所以，每天把自己的玉捏一捏，久而久之，不但能肯定自己的价值，也能发现别人的美质，甚至看见整个世界都有着玉石与琉璃的质感。

单纯之不易

　　历代祖师都是单纯的人，我们要入菩提，要先直心，先成为一个单纯的人。

　　读赵州从谂禅师的公案，有几个非常有名：

一

　　僧问："学人迷昧，乞师指示。"
　　师云："吃粥也未？"
　　僧云："吃粥也。"
　　师云："洗钵去。"
　　其僧忽然醒悟。

二

师问新到："曾到此间么？"

曰："曾到。"

师曰："吃茶去！"

又问僧，僧曰："不曾到。"

师曰："吃茶去！"

后院主问曰："为什么曾到也云吃茶去，不曾到也云吃茶去？"

师召院主，院主应："喏！"

师曰："吃茶去！"

三

问僧："一日看多少经？"

曰："或七八或十卷。"

师云："阇黎不会看经。"

曰："和尚一日看多少？"

师云："老僧一日只看一字。"

从前不太能体会这些公案，今天忽有所悟，原来赵州的教化是在说"单纯"两字。禅者的首要在单纯，想那么多干什么，只要自心泰然，了了见之，则单纯地生活着就够了。正如有人问他说二十四个小时是如何用心，他说："汝被十二时辰使，老僧使得十二时。"（你被二十四个小时所转动，我却转动二十四个小时）他还说，"老僧行脚时，除二时粥饭，是杂用心处，除外更无别用心处。"

多么好！不杂用心不正是单纯吗？

关于这一点，黄檗希迁禅师说得很好！

"凡人皆逐境生心，心随欣厌。若欲无境，当忘其心，心忘则境空，境空则心灭。不忘心而除境，境不可除，只益纷扰耳。故万法唯心，心不可得，复何求哉？……凡人多不肯空心，恐落空，不知自心本空。愚人除事不除心，智者除心不除事。"

所以，历代祖师都是单纯的人，我们要入菩提，要先直心，先成为一个单纯的人。

蓝宝石镶钻

看过夜空的流云与闪亮的流星，我总是一边散步一边思索，当我们抬起头来，看着无边天空的那一刻，我们是远离了烦恼、庸俗、苦痛的。

偶尔到台湾的离岛或东部南部去，我总喜欢在夜里出门散步，这时可以品味到空气里的清新和香甜。如果抬起头来，就会看见天空真是宝蓝色的，繁星眨着夜的眼睛，映照着清朗的大地。

每次我看着那些夜空的景色，就会感慨台北人无福消受这美丽的情景。美丽的台湾夜空，正如蓝宝石镶钻，而且是无边无尽的。

最美的是有流星的时候。光芒骑着宝马在云空里穿行，有时会让我想起迷途中的、漂泊着的云雀。

我总希望在有流星的时候许愿。

但在流星出现之时，我又震慑于那惊人的美，忘失自己要许下的愿望。

也许，流星的出现就是要让人来不及许愿的。

未完成的许愿虽然会使我怅然，却也使我安慰，在那一刻完全融入的自我中，美已经来过，愿望已经许下了。

美感是早就有的，流星只是使它点燃；愿望也是早就有的，流星只是让它发亮。

看过夜空的流云与闪亮的流星，我总是一边散步一边思索，当我们抬起头来，看着无边天空的那一刻，我们是远离了烦恼、庸俗、苦痛的。

我们的仰望，使我们进入一种更深、更远、更广大的境界，那种境界无以形容，或者说是"空明"吧！是无牵无挂的那种明朗。思想是蓝宝石镶钻，浮动的意念则宛若流星，一切都是无碍的。

以空明之心看着天空的那一瞬间，已经看见了"空中妙有"的秘藏了。如如与空际，涅槃与法界，不都是明明白白、毫无隐藏的吗？

有着美好的心情，用空明觉察的眼睛，在星与月、天与云、流星与想象之间飞翔。漫步于郊野与草原之间，感受无牵无挂的自由，就觉得契入某种不可言传的境界了。

我们在生活中时常会遇到困境，在不能突破的时候，我们希望找到一些更永恒、更有力的事物来依赖。于是，我们或者寄情于文学、音乐、艺术，来洗涤尘劳；或者寄情于宗教，以求得解脱。

这种依赖的追求，常使众生觉得必须放下、舍弃、厌离俗世的生活，今生的际遇，才能进入更好的境界。因此，"生活"与"宗教"便产生了冲突矛盾，不同的宗教也就互相攻讦排斥。其实，生活的心、文学的心、宗教的心是同样的一个心。

宗教的境界不一定比生活的境界高，因为在生活中有提升，也有堕落；在宗教里有觉悟，也有执迷。生活不一定都是执迷堕落的，宗教也不一定全是觉悟提升的。

一个向往高迈境界的人，既不排斥生活，也不依赖宗教，那是为了发现生活与宗教共同的本质，一有了分别与排斥，境界就消失了。

在心胸狭小的人看来，都看到它们不同的部分，在心胸开阔的人看来，则看到它们相同的地方。

这是多么高超的慧见，实相的见解乃不是得自外在的分别，而得自更深的自我发现。一个在平常生活中能自我提升的人，要进入宗教提升的境界，就像反掌折枝那么容易呀！

如果我们的好境界、好心情都只留在蒲团上、庙堂中、大殿里，却在生活上、奔波中、困境里手足无措，宗教就不能真正有益于我们的生命了。

好的宗教信仰犹如蓝宝石镶钻，许多人把它挂在手指间或颈项上，那只是外在的美化，渴望别人看见罢了。唯有领略真实意的人，才知道蓝宝石镶钻无所不在，在夜晚的星空里，在黎明的草原上，在花朵的露珠上，在情人眼眸的光照里。

我们的心里若有了蓝宝石镶钻，就会在任何时地都心心相印，看见大地宇宙的美好，看见人情因缘的难得，也看见生活、文学、宗教那互相流通映照的闸门。我又看见一颗流星了。我总希望在有流星的时候许愿。

但在流星出现之时，我又震慑于那惊人的美，忘失自己要许下的愿望。

呀！也许，流星的出现，只是要带我们进入空明的刹那，不是为了许愿而存在的。

最好的范本

如果我们要写好作文，故乡与爱就是最好的范本。
在风与白云之间，有一群人在无限的时空中相遇，共同
生活与呼吸，这就是最值得珍惜的因缘了！

到一个小镇去演讲，主办演讲的人正好是补习班的老板，力
邀我顺道去他的"儿童作文班"演讲，盛情难却，加上我一向喜
欢与人为善，就答应了。

在路上，老板问我："林先生小时候上过作文班吗？"

我说："没有，在我小的时候根本没有作文班，没有人为了
作文去补习的。"

他说："那么，你觉得作文班要怎么教才好？"

"我不知道，我真的不知道要怎么教人写作文呢！"

老板一脸疑惑，车子到了补习班门口，才发现补习班比我想
象的大，不仅有作文班，还有绘画班、音乐班、英语班、数学班，

从这里也可以发现，即使在小城镇，父母也十分关心孩子的才艺，希望孩子的才华十项全能。

到了作文班，我大略看了孩子的作文，发现小孩子写的都是议论文，这使我感到惊讶，因为孩子的人生观点才刚刚起步，对人生会有什么好的议论呢？作文班的老师告诉我，那是为了训练孩子写论文的习惯，以便他们到中学时，作文的考试得到高分。

我给小朋友的建议只有三个：一是从自己身边熟悉的人、事来写作文；二是尽量抒情，少发议论，一个人如果能充沛地表达感情，要发为议论就很简单了；三是不要为了考试才学作文，不要老师说什么就写什么，因为作文是一件很快乐、很有趣、很有创造性的事。

离开作文班之后，我想起在小时候，自己为什么想写文章，那是源自对故乡、对人情的感动。

当我在读小学的时候，看到故乡旗山小学那年代久远、高大无比的椰子树，想到我的父亲、哥哥、姊姊都和我读过这个学校，内心就充满感动。

在我每次爬到古山顶上，总会动情于那些姿势强健优美的大树，然后俯视我的故乡，与尖挺的旗尾山遥相对望，就会想起"旗鼓相当"的成语，想到百年前，这里曾被誉为"全台八景"，只是很少人知道了。

有时候，我会听老年人谈起我的祖父林旺，他是第一个在旗山开"牛车货运行"的人，日本占领时期怎样经营米店、卖菜的逸事，听说他的性格刚烈，只要家里养的牛打架输了，他会用木炭把牛角烤软、削尖，去讨回公道。

我亲眼看到我的乡亲天刚蒙蒙亮就出门，感受到艰苦无人问的农作生活，感受到"赤脚的，逐鹿；穿鞋的，吃肉"那种对生命的不平，心想一定要有人写出他们的心声。

我的父母亲教养一大群孩子，时而严厉、时而温柔，做牛做马让我们长大、受教育，并培养对人生的远见，不在困苦挫折中畏缩，现在想来还会动容眼湿。

再看到故乡农业由盛而衰，"香蕉王国"的盛况失去已久，大部分土地荒芜、废耕，故乡子弟的素质不能提升，反映了整个台湾省农业与教育的失落。从前在蕉园中嬉戏的情景，怅然难忘！

就在我们生活的故乡，在我们深爱着的亲人朋友，就存着最动人的素材，只要能把这种感情表达，便是最好的作文了。

追着台糖的小火车向前奔跑，看能不能捡到掉落的白甘蔗。在收采过的番薯田里，找没有挖走的番薯在田间烤番薯。

在清澈的楠梓仙溪摸蛤兼洗裤，在飘仔湖游泳、捡石头、漂水花、晒太阳。

沿着稻香与油菜花香的小路，散步到美浓，感知生命之美，浓得震荡内心。

看妈妈如何把一个鸡蛋切成八片，如何把一粒苹果切成十二片，如何做菠萝竹笋豆瓣酱，如何做番薯馅儿饼，把技能发展到极限，其中有无量的爱并维持公平。

看到父亲和故乡父老端立看着因生产过剩而被倾倒的香蕉而老泪纵横……

如果我们要写好作文，故乡与爱就是最好的范本。在风与白云之间，有一群人在无限的时空中相遇，共同生活与呼吸，这就是最值得珍惜的因缘了！

不论我们是要写好考试的作文，或抒情的作文，甚至为生命写一篇文采斐然的文章，就从故乡和亲人开始吧！

蓝之又蓝

每一个作家都有不为人知的寂寞的一面——或者在热闹的街头踽踽独行，或者在静谧的山林思潮翻腾，或者坐在小小的书桌前写下一道一道生活的刻痕——都是要独力品尝生命的苦汁和乐水的。

夏天的时候，我返乡居住。由于我的故乡离作家钟理和的纪念馆不远，于是我约了兄嫂，带上孩子一起去钟理和纪念馆瞻仰。车子开到半路，正穿过美浓乡间秀美的田园时，突然雷声大作，一阵气势汹汹的西北雨漫天泼了下来。然后我们经过双溪，转入笠山，到了纪念馆，却发现里面空无一人，虽然大门开着。

我们在馆内看了钟理和的遗稿，以及他的照片、铜像和陶像。我站在纪念馆二楼的阳台上，看着连绵的雨，想着这非常热带的林木之中，是如何诞生一个令人钦仰的作家的呢？

当我们回到一楼的入口时，我看到纪念馆在出售钟理和的遗

作、美浓的风景明信片，这些收入将作为纪念馆的基金。我对大哥说："我想买一些书和明信片送给朋友。"可是纪念馆中空无一人，我绕馆一圈，呼喝道，"有人在吗？"

无人回应。

我看到大门旁边贴了一张字条："本馆因人手不足，只有星期六和例行假日开放，平日若要参观，请顺着馆前左侧的小路向前走一百公尺①，找钟铁民。"

我指给哥哥看，他说："那我们去找钟铁民。"

"这样不好意思吧？"我担心突然造访会惊扰铁民先生。

哥哥说，他和钟铁民都在美浓的中学教书，算是旧识，钟铁民又是我大姊的孩子的国文老师，因此突然来访应该不会惊扰他。哥哥还消遣我："你已经染上台北人的坏习惯了，看朋友还要先约好时间吗？"

我们沿小路前行一百公尺，一路上林木苍盛，两边种了许多瓜果和蔬菜。我们一直走到一座门口有一棵龙眼树的三合院前，那龙眼树果实累累，我们在门口高喊：

"有人在吗？"

"铁民兄在吗？"

我们喊了许久，无人回应。

我们只好沿着原来的小路走回纪念馆，听到远处传来"吧啦不鲁"喇叭声，原来是卖土制冰淇淋的小贩到纪念馆来卖冰淇淋。

"三十块。"他说。

———————————

① 公尺：米。 ——编者注

我买了几个冰淇淋给孩子们,我自己也吃了一个。这种"吧啦不鲁"冰淇淋又软又绵,是我儿时最向往的东西,唯一不同的是小贩当年的三轮车换成摩托车了。

"外地来的吗?"小贩边挖冰淇淋边带客家腔的国语问。

我们尚未搭腔,他又说:"可怜哦!这是我们美浓的一个作家哩,听说是饿死、病死的,写字赚食实在是太艰苦了。"

"嘿,我还听说,"那小贩语气较为神秘地说,"这个作家临死之前传下家训,子子孙孙不得以写作为业呢!"

小贩卖了冰淇淋,见纪念馆里没有其他顾客,便跨上摩托车,回头对我们说:"我先失礼!我卖冰,有卖就有赚,写字的,写了不一定有赚,这个你懂吗?"

哈!摩托车开走了。

"我懂!我懂!我懂!"我点头如捣蒜,孩子们都笑起来。

那小贩做梦也想不到,他是在教训一个写字的人。我在心里想,像钟理和先生一样的悲剧,但愿此后不会再发生。

看到卖冰淇淋的小贩的影子消失在槟榔林里,我觉得写作的人也没有什么不同,也是在暑热焦渴的生命中贩卖心灵的冰淇淋,只不过没有沿街叫卖罢了。

回到台北以后,我接到邱鸿翔兄的电话,他谈到"台湾笔会"和"钟理和文教基金会"正在办"杨达、钟理和回顾展",希望能再一次向杨达、钟理和等前辈作家致敬,从而唤起大家对文学的重视,并期盼尽快在杨达奉献了半生的东海花园建一座"杨达纪念馆"。

这个构想很令人安慰,说明了写字的人虽然寂寞,也有很不

寂寞的地方。

鸿翔兄把计划寄给我看,我对其中的几句话玩味再三,心中感慨。

这几句话是:"盖一座文学纪念馆,定一个文学纪念日,为一条街道取一个文学性的名字……花费并不多,但是可以让更多的台湾人浸淫于人文国度里,活得有气质、有美感。"

是呀,别让卖冰的看扁了!

每一个作家都有不为人知的寂寞的一面——或者在热闹的街头踽踽独行,或者在静谧的山林思潮翻腾,或者坐在小小的书桌前写下一道一道生活的刻痕——都是要独力品尝生命的苦汁和乐水的。

写作既然是一个寂寞的事业,为什么还要写呢?

我想,写作是来自一种不得不然,是内在的触动和燃烧。这就好像一朵花要开放,那是不得不然;一只鸟要唱歌,也是不得不然;一条河流要流出山谷,也是不得不然呀!

我总是相信,在每个人的心中都有一处"清泉之乡",有的人终其一生不能开发,因而无法畅饮甘泉,写作的人则是溯河而上,不断去发现自己的清泉,并且翻山越岭,把那泉水担到市街上与人共尝。

寻找泉水并挑担到市街上的过程,是非常寂寞的,可是在市井中如果遇到知音,也有不寂寞的时刻,就像两朵云在天空相遇而变成了一朵云。

陌生的人为什么能相知相惜呢?为什么通过文字能超越时空、超越阻隔呢?

因为在最终极之处,有一种蓝比景泰蓝更蓝,有一种香比夜来香更香,使我们深信,每一个字、每一个思想都将在人间留下影响,也使我们无所怨憎、无所退悔地去实践并完成我们对生命的识见。

文学家岂是为了纪念馆、纪念日，或是一条街道而写作的呢？把公园、街道、学校、纪念馆用自己的名字来命名，是那些缺乏自信的政客的标识，哪里是文学家的追求呢？

文学家是为世间的有情心灵而写作的，是为自己的生命之泉而写作的，是为触及更蓝的境界而写作的。

作为一个文学家，作为一个知识分子，不能独存于世间，对于现实事务的关怀，正是使社会走向更圆满之境的手段。何况，当我们说关怀众生、解救众生的时候，如果众生处在不公平、不公义的社会中，将不能得到解救；如果众生活在没有文化、没有品质的社会中，将无法得到提升与安顿。

这些年来，我写了许多现实而入世的文章，都是来自一个深切的认知——人心需要觉醒、社会需要改革，两者都是非常重要的，就好像两千多年前，释迦牟尼佛讲出"众生平等"的教法，不只是在阐明佛性的平等，也是在打破封闭的阶级制度，重建社会的公平。

当我在写这些文章的时候，时而感到寂寞，如同开在深山溪谷中的百合，独自维持灵醒的白，但也有不寂寞的时候，有如群树站立在晴空丽日之下，体会拂过的微风，看见了远天的彩虹。

不论寂寞或不寂寞，让我们维持着比景泰蓝更蓝的心吧！不要失去关怀的能力，不要让爱的泉源枯竭，不要断绝了更清明的希望。

让我们湛而又湛、蓝之又蓝，即使生活在浊恶的世间，也永不失去自清与无染的立志。

一株草，一点露

站在金黄色的稻田中央，看那些头垂得低低的稻穗，在春日的微风中摇曳，我就觉得心情开朗而辽阔。

我坐的飞机正越过中央山脉，要到台东去。

从机窗往外看去，云层稀稀落落的，在机身底下追逐游戏。穿过云层，就看到一片山林起伏、绿意盎然的大地了，潮湿温润，在阳光下有一种玉的感觉。沿着绿地，温柔怀抱大地的，是海！湛蓝、蔚蓝、澄蓝、透明的海，在海岸边缓缓地前进与后退。

在山与海之间，错落着一些梯田和田庄，从空中看，我们才知道台湾的人民是用多么深情的心在耕耘这片土地，它多么整齐、优美、细致！

亮亮①，我每次坐飞机越过台湾上空，就有一种泫然欲泣的感

① 林清玄的儿子。——编者注

动，感恩的心就像海浪一样汹涌着，觉得自己多么有幸生长在这块翠绿的大地，与那么多辛勤而纯朴的人民一起生活、工作、成长，来创建我们的家园。

有几次，我看着这片土地，竟真的哭了。我在笔记上写："今天看台湾，感动得流泪。"被一位朋友看到了，觉得不可思议。

亮亮，在过去的岁月，我飞过大半个地球，走过世界的许多国家，可是我还是认为台湾的土地最美、最有生命力。这种感怀有一部分是情感因素，但也不全然，其中有大部分是很理性的。

像我每一次走过台北的水果摊前，都要为那些饱满、鲜艳、丰润得快滴出水的果实感动不已，在这个世界上，我们多么幸运，可以生长在美好肥沃的土地上。那些水果不但味美，在视觉上给我们安慰，还有一种特别芳香之感。我常常想：是什么样的土地可以长出如此多而丰美的果实？是什么样的辛勤人民血汗的耕耘，才使我们能品尝这美丽的果实？然后我就觉得有一股暖流穿过我的全身血管，使每一个细胞都饱含着感恩与欢喜。

我每一次到中南部去，站在金黄色的稻田中央，看那些头垂得低低的稻穗，在春日的微风中摇曳，我就觉得心情开朗而辽阔。亮亮，我总是想起，是这样的平原抚养我长大，我们从农村中长大的孩子，对台湾成长的痕迹总觉得历历如绘。

在三尺见方的小小土地

还有，茶叶行与青菜摊也是我喜欢去的地方，茶叶店中新烘焙的茶香，令我感受到天地的灵气、日月之精华，想起从前无数次因采访而在茶农家饮茶那温馨的记忆。青菜摊的蔬菜，使我想到在河川和山坡畸零地上，老农夫背着水箱洒水的景象。亲爱的亮亮，就是在三尺见方的小小土地上，我们的农夫也可以种出一大把一大把的青菜。

在台湾旅行时，我常想起佛经里的四个字"中土难生"。中土，原本是中原的意思，是指有佛法的地方，可是我们也可以把它解为是一个有好风好土的地方，是人活着有尊严有希望的地方。想起在这扰攘的世界上，有许多民族正为生死在战争，许多国家长期处在饥饿动乱的情景，我们能活在这里的人应该学会感恩。

可叹的是，我们长久以来都过于轻忽、践踏了我们的土地，特别是在都市化的地方，都不能免于空气污染、交通混乱、人心败坏、道德堕落，使人很难相信在短短的日子里，社会文化的巨变。

从前南部的高雄治安恶化，与高雄相比，台北仍然是好的，因此台北人流行着一句话："高雄到了，高雄到了，下车的时候请别忘了穿防弹衣。"前些日子，遇到海外回来的朋友，告诉我现在海外流行的一句话："台湾到了，台湾到了，下机的旅客请别忘了穿防弹衣！"可见台湾治安的恶化已经是全球知名了。

一个如此有钱的地方，却可以如此地无礼与无体，恐怕也是世界仅见的。亮亮，这都是由于我们这个社会从来没有真正重视文化与文明的教化，人的品质在环境变迁中从未提升。因此，如果我们不能努力地防止人心的恶化，台湾的将来是可忧虑的。

更可怕的是，这种恶化不仅是城市的，也是乡村的，现在几乎整个台湾土地都已经陷入了人心恶化的情况。我有时到中南部去，看到游手好闲的青年，听父老谈起治安的恶化，被野鸡与流氓骚扰的乡城，都会使我在暗夜的旅店中感到心碎。怪不得有许多人有一点积蓄就急着去移民，前不久遇到一位要移民到新西兰的朋友，我问他："大家都要移民到美国或加拿大，为什么你却要去新西兰呢？"

朋友说："我觉得新西兰的风土有点像二十年前的台湾，干净、宁静、安全！"

亲爱的亮亮，这是多么可悲呀！我们已经在不知不觉中失去了干净、宁静、安全！经济与财富如果要付出这样的代价，牺牲未免就太大了。

鲁滨逊症候群

日本现代医学有一个名词叫"鲁滨逊症候群"，是指那些永

远期待未知世界的人，他们不能满足现状，一生都在漂流，最后就像一个困居在小岛上的人，连最后的一只孤舟也找不到。那是因为心灵真正的归属，并不在寻找新的世界，而是在内心的安顿。

这个名词可以用来形容这些年来台湾的追求，我们从小就教孩子要考上好的大学才有前途，要出国留学才有前途，要赚大钱才有前途！于是功利的思想早就深植人心了。特别是为了这些功利，我们不上音乐课、美术课、体育课，甚至停上公民与道德课，这就像一朵花从来不想要扎根，只想要开花一样——花或者也会开，却像漂流的浮萍，没有落实之处。

我们居住的土地与人民之所以会败坏，教育是一个非常巨大的因素，爱乡爱土爱人民、肯定心灵的提升与道德的价值，这些说起来很可能是太保守了，可是如果不从这里来重建，在浮荡的现代社会，我们要在何处系上我们的心灵之舟呢？

亲爱的亮亮，人生是如此短暂，个人的享受是这样有限，一个人倘使不能安下心来看自己的乡土，不能对社会的成长有承担的勇气，使我们的土地更适合人民生活，那么，就是住在最豪华的屋宇，有人间最高级的享受，也没有什么意义了。

假设，我们能挽救天下人心，就是天天吃番薯配咸菜，我们也可以甘之如饴。

如果，我们能停止台湾土地的败坏、人民的堕落，即使只是站在水果摊前，看各形各色的水果在黑夜中闪现光泽，就是无比幸福的事了。

到台东了，我住在距离海岸不远的地方，感觉就像回到二十几年前一样，干净、宁静、安全。

今天早晨我到知本温泉去，在林野间散步，每一株草、每一片树叶都饱含着露水，使我想起父祖辈时常说的一句俚语："一株草，一点露！"使我感觉到每一片草叶都是微笑地来面对这个世界。也想到另一句俗语："草仔枝，也会绊死人！"在我们生活的四周，有许多小事看起来无关紧要，有时就会被小事绊倒，甚至摔死。

亮亮，台湾文化的进程正犹如这两句俗语，我们的努力正如一株草，一点露，永远不会落空；我们的轻忽或粗鄙则像是路中的草枝，正准备要绊倒我们，要清除这些草枝，靠的不只是经济的力量，还有心灵的安顿。

心灵，才是最后的拯救

不久前，柏林围墙被推倒了，我们看到了全世界的人都在为自由的胜利而欢呼，但是有一则被忽略的新闻特别地感动了我，就是美国当代著名的指挥家伯恩斯坦在东柏林指挥一个由六个乐团组成的大型管弦乐团，包括伦敦爱乐管弦乐团、巴黎交响乐团、德累斯顿交响乐团、纽约爱乐管弦乐团、列宁格勒吉洛夫剧院交响乐团、巴伐利亚电台合唱团，一起在东柏林演奏贝多芬的第九交响曲，理由非常简单："庆祝柏林人重聚一堂。"

那使我感觉像是坐在海边，看海浪涌来又退去，每一次呼吸都像是进入了天地最奥秘与浪漫的内在世界。柏林围墙是全世界人心里藩篱的象征，而贝多芬第九交响曲给我们的提振，则象征了人心的自由。

心灵之美，才是世界最后的拯救，对于台湾的将来，也是如此！

亲爱的亮亮，我在知本温泉深呼吸时，感受到有一股热气来自遥远的地心，它贯入我的心，使我感到无比温热。亮亮，这是我们的土地，我们要更深切地学习微笑、感恩、包容、赞美、牺牲与祈祷，我们要真诚地、全心全意地把一切献给这丰美的土地，还有那些每次看见了都想立正向他们致敬的人民，这土地与人民总令我想起那庄严、澎湃、接近于完美的贝多芬第九交响曲。

第二部分

心美一切皆美

《杂阿含经》中说的："诸所
有色，若过去若未来若现在，若内
若外，若粗若细，若好若丑，若远
若近，彼一切非我，非我所，如实
观察受想行识，亦复如是……

生命的化妆

这个世界一切的表相都不是独立自存的，一定有它深刻的内在意义，那么，改变表相最好的方法，不是在表相下功夫，一定要从内在里改革。

我认识一位化妆师，她是真正懂得化妆，而又以化妆闻名的。

对于这生活在与我完全不同领域的人，使我增添了几分好奇，因为在我的印象里，化妆再有学问，也只是在皮相上用功，实在不是有智慧的人所应追求的。

因此，我忍不住问她："你研究化妆这么多年，到底什么样的人才算会化妆？化妆的最高境界到底是什么？"

对于这样的问题，这位年华已逐渐老去的化妆师露出一个深深的微笑。她说："化妆的最高境界可以用两个字形容，就是'自然'，最高明的化妆术，是经过非常考究的化妆，让人家看起来好像没有化过妆一样，并且这化出来的妆与主人的身份匹配，能自然表现那个人的个性与气质。次级的化妆是把人凸显出来，让她醒目，引起众人的注意。拙劣的化妆是一站出来别人就发现她化了很浓的妆，而这层妆是为了掩盖自己的缺点或年龄的。最坏的一种化妆，是化过妆以后扭曲了自己的个性，又失去了五官的协调，例如小眼睛的人竟化了浓眉，大脸蛋的人竟化了白脸，阔嘴的人竟化了红唇……"

没想到，化妆的最高境界竟是无妆，竟是自然，这可使我刮目相看了。

化妆师看我听得出神，继续说："这不就像你们写文章一样？拙劣的文章常常是词句的堆砌，扭曲了作者的个性。好一点的文章是光芒四射，吸引了人的视线，但别人知道你是在写文章。最好的文章，是作家自然的流露，他不堆砌，读的时候不觉得是在读文章，而是在读一个生命。"

"多么有智慧的人呀！可是，到底做化妆的人只是在表皮上做功夫呀！"我感叹地说。

"不对的，"化妆师说，"化妆只是最末的一个枝节，它能改变的事实很少。深一层的化妆是改变体质，让一个人改变生活方式、睡眠充足、注意运动与营养，这样她的皮肤改善、精神充足，比化妆有效得多。再深一层的化妆是改变气质，多读书、多欣赏艺术、多思考、对生活乐观、对生命有信心、心地善良、关怀别人、自爱而有尊严，这样的人就是不化妆也丑不到哪里去，脸上的化妆只是化妆最后的一件小事。我用三句简单的话来说明，三流的化妆是脸上的化妆，二流的化妆是精神的化妆，一流的化妆是生命的化妆。"

化妆师接着做了这样的结论："你们写文章的人不也是化妆师吗？三流的文章是文字的化妆，二流的文章是精神的化妆，一流的文章是生命的化妆。这样，你懂化妆了吗？"

我为了这位女性化妆师的智慧而起立向她致敬，深为我最初对化妆师的观点感到惭愧。

告别了化妆师，回家的路上我走在夜黑的地表，有了这样深刻的体悟：这个世界一切的表相都不是独立自存的，一定有它深刻的内在意义，那么，改变表相最好的方法，不是在表相下功夫，一定要从内在里改革。

可惜，在表相上用功的人往往不明白这个道理。

总有群星在天上

在我们生命的岁月里，火和爱或许是必要的，但不必要弄得自己烟尘滚滚、灰头土脸，也不必一定要悲伤和烦恼，那就像每天有黎明与日落一般，大地是坦然地承受罢了。不正常与不平衡的爱是人生最好的启蒙，就如同乌云与暴风雨是天空最好的启示一般。

我沿着开满绿茵的小路散步，背后忽然有人说："你还认识我吗？"

我转身凝视她半天，老实地说："我记不得你的名字了。"

她说："我是你年轻时第一次最大的烦恼。"她的眼睛极美，仿佛是大气中饱孕露珠的清晨，试图唤醒我的回忆。

我默默地站了一会儿，感到自己就是那清晨，我说："你已卸下了你泪珠中的一切负担了吗？"

她微笑不语，我感觉到她的笑语就是从前眼泪所化成的。

"你曾说，"看到我有如湖水般清澈平静，她忍不住低声地说，"你曾说，你会把悲痛永远刻在心版。"

我脸红了，说："是的，但岁月流转，我已忘记悲痛。"

然后，我握着她的手说："你也变了。"

"曾经是烦恼的，如今已变成平静了。"她说。

最后，我们牵着手在开满绿茵的小路散步，两个人都像清晨大气中饱含的露珠，清澈、平静、饱满。

昨天悲痛的露珠早已消散，今晨的露珠也在微笑中，逐渐消散了。

这是泰戈尔《即兴诗集》里的一段，我改写了一点点，使它具有一些"林清玄风格"，寄给你。我觉得这一段话很能为我们情爱的过往写下注脚。我偶尔也会遇见年轻时给我悲痛与烦恼的人，就感觉自己很能接近这首叙事诗的心情了。

我很能体会你此时的心情，因为不想伤害别人，以致迟迟不能做出分手的决定。你是那样的善良与纯真（就像我的少年时代），可是，往往因为我们不忍别人受伤，到最后，自己却受了最大的伤害，那就像把一枝蜡烛围起来烧一样（因为我们怕烧到别人），自己承受了浓烟和窒息。其实，只要我们把蜡烛拿到桌面上，黑暗的房子看得更清楚，自己和别人说不定因此有一些光明与温暖的体会。

这些年来，我日益觉得智慧的重要。什么是"智慧"呢？智是观察和思考的能力，慧是抉择与判断的能力。你的情形是很容易做观察和抉择的。爱上你的人是你不该爱的人，而选择分手可以使你卸下负担得到自由，为什么不选择及早地分手呢？你不忍对方受伤害，但是，爱必然会带着伤害，特别是不正常不平衡的爱，伤害是必然的，我们要学习受伤，别人也要学习受伤呀！

我再写一首泰戈尔的短诗给你：

烟对天空、灰对大地自夸：

"火是我们的兄弟。"

悲伤对心、烦恼对生命自矜：

"爱是我们的姊妹。"

问了火和爱，他们都说：

"我们怎么会有那样的兄弟姊妹？"

"我的兄弟是温暖和光明。"火说。

"我的姊妹是温柔与和平。"爱说。

在我们生命的岁月里，火和爱或许是必要的，但不必要弄得自己烟尘滚滚、灰头土脸，也不必一定要悲伤和烦恼，那就像每天有黎明与日落一般，大地是坦然地承受罢了。不正常与不平衡的爱是人生最好的启蒙，就如同乌云与暴风雨是天空最好的启示一般。

关于心、关于生命，没有什么是真正的伤害，也没有什么是真正的好。雨在下的时候可能觉得自己对茉莉花是有好处的，但盛开的茉莉花可能因为一场微雨凋落了；曝晒的阳光可能觉得自己会伤害秋日的土地，但土地中的种子却因为阳光能青翠地发芽了。爱情的成熟与圆满正是如此，只要不失真心，没有什么可以伤害我们真实的生命。

在写信给你的时候，我的思想像一只天鹅飞翔，忆起自己在笔记上写过的一些东西：

箭在弓上时，箭听见弓的低语：

"你的自由是我给予的。"

箭射出时，回头对弓大声说：

"我的自由是我自己的。"

——没有飞翔，就没有自由。

——没有放下，就没有自由。

——没有自由，弓与箭都失去意义。

这些都是游戏的笔墨，我们千万别忘了弓箭之后有拉弓的力，力之后还有人，人还要站在一个广大的空间上。

人人都渴望爱情，即使我们正处在其中的爱情不是最好的，却因为渴求而盲目了，这一点连天神也不例外。希腊神话里太阳神阿波罗在追求猎户少女多妮时，因为追不到，使她被父亲化成一棵月桂树，然后感叹地说："你虽不爱我，但最低限度你必须成为我的树。"从此，阿波罗的头上总是戴着月桂冠，纪念他对多妮的爱。牧神潘恩则把女神灵化成一簇芦苇，并把她化成一枝芦笛随身携带。世上最美的少年勒施萨斯无法全心地爱别人（因为他太爱自己了），最后他化为池中的一朵水仙花。另一位美少年海亚仙英斯则因为阿波罗的嫉妒而变成一枝随风飘泊的风信子……

神话是一个象征，象征人要从情爱中得到自由自在、无碍解脱是多么艰难呀！但是学习是人间的功课，到现在我还在学习，只是我每看到人在情爱中挣扎都是感同身受，希望别人早日得到超越，那是因为我们的学习不一定要白己深陷泥沼才会体验到，有观照之智、抉择的慧，也知道那泥沼的所在和深浅，绕道而行或跨步而过。

希望下次收到你的信，就听见你的好消息。我们不必编月桂冠戴在头上，不必随身携带芦笛，人生有许多花朵等我们去采。如果只想采断崖绝壁那一朵绝美的百合，很可能百合没有采到，清晨已经消逝了。

青春的珍惜是最重要的。在不正常不平衡的爱里浪掷青春，将会使人生的黄金岁月过得茫然而痛苦。青春像鸟，应该努力往远处飞翔。爱情纵使贵如黄金，在鸟的翅膀绑着黄金，也会使最善飞翔的鸟为之坠落！

> 屋里的小灯虽然熄灭了，
> 但我不畏惧黑暗，
> 因为，总有群星在天上。
> 爱情虽然会带来悲伤，
> 一如最美的玫瑰有刺，
> 但我不畏惧玫瑰，
> 因为，我有玫瑰园，
> 我只欣赏，而不采摘。

但愿这封信能抚慰你挣扎的心，并带来一些启示。

不封冻的井

在我们那个年代的农村里，孩子几乎没有任何物质的欲望，因为知道即使有物质欲望也不能获得，最后就完全舍弃了。无欲则刚，到后来我们即使赤着脚、穿破衣去上学，也充满了自信和快乐。

和一位朋友到一家店里叫了饮料，朋友喝了一口忍不住吃惊地赞叹起来："这是什么东西，这么好喝？"

"这是木瓜牛奶呀！"我比他更吃惊。

"木瓜牛奶是什么做的？"

"木瓜牛奶就是木瓜加牛奶，用果汁机打在一起做成的。"然后我试探地问，"难道你没有喝过木瓜牛奶吗？"

"是呀！这是我第一次喝到木瓜牛奶。"朋友理直气壮地说。

真是不可思议的事，对我来说，一个人在台湾生活了三十年而没有喝过木瓜牛奶，就仿佛不是台湾人一样。对我的朋友却是

自然的，因为他是世家子弟，家教非常严格，从小的自由非常有限，甚至不准在外面用餐的。当然，他们家三餐都有佣人打理，出门有司机，叠被铺床都没有自己动过手，更别说洗衣拿扫把了。

到三十岁才有一点点自由，这自由也只是喝一杯路边的木瓜牛奶汁而已。

对生长在南台湾贫困乡村的我，朋友像是来自外太空的人，我们过去的生活几乎没有重叠的部分。在乡下，我们生活的每一分钱都是流汗流血奋斗的结果，小孩还没有到上学的年龄就要下田帮忙农事，大到推动一辆三轮板车，小至缝一枚掉了的扣子，都是六七岁时就要亲手去做。而小街边的食物便是我们快乐的泉源，像木瓜牛奶这么高级的东西不用说，能喝到杨桃水、绿豆汤已经谢天谢地，纵使是一支红糖冰棒，或一盘浇了香蕉油的刨冰，就能使我们快乐不置了。

有时候我们不免也会羡慕有钱人家的孩子，但当我们知道有钱人的孩子不能全身脱光到溪边游泳，或者下完课不能在田野的烂泥里玩杀刀的时候，我们都很同情有钱人的孩子。

在我们那个年代的农村里，孩子几乎没有任何物质的欲望，因为知道即使有物质欲望也不能获得，最后就完全舍弃了。无欲则刚，到后来我们即使赤着脚、穿破衣去上学，也充满了自信和快乐。

这其实没有什么秘诀，只是深信物质之外，还有一些能使我们快乐的事物不是来自物质。而且对这个世界保持微微喜悦的心情，知道在匮乏的生活里也能有丰满的快乐，便宜的食物也有好吃的味道,小环境里也有远大的梦想——这些卑中之尊、贱中之美、小中之大,乃至于丑中之美、坏中之好,都是因微细喜悦的心情才能体会。

在夏天里,我深信坐在空调房里喝冰镇莲子汤的美味,远远比不上在田中流汗工作,然后在小路上灌一大碗好心人的"奉茶",奉茶不是舌头到喉管的美味,而是心情互相体贴而感到的欢喜。

在禅宗的《碧岩录》里有一个故事,德云禅师和一位痴圣人一起去担挑积雪,希望能把井口埋起来,引起了别人的讪笑,当然,雪无法把井口埋住是大家都知道的,德云法师为什么要担雪埋井呢?他是启示了一个伟大的反面教化,这个教化是:只要你心底有一口泉涌的井,还怕会被寒冷的雪封埋吗?

不要羡慕别人门头没有雪,自己挖一口泉涌的井才是要紧的事。

"不封冻的井"是一个多么深邃的启示,它是突破冷漠世界的挚情,是改变丑陋环境成为优美境地的心思,是短暂生命里不断有活力萌芽的救济。

心井永不封冻,就能使我们卓然不群,不随流俗与物欲转动了。

在路边自由地喝杯木瓜牛奶,滋味不见得会比人参汤逊色呀!

清风匝地，有声

　　反过来说，一个人和爱人分离的心情，若能有如放下名贵茶具的手那么细心，把诀别的痛苦化为祝福的愿望，心中没有丝毫憎恨，留存的只有珍惜与关怀，才是懂得爱情的人。

　　在日本神户港，我们把汽车开进"英鹤丸"渡轮的舱底，然后登上最顶层的甲板看濑户内海。

　　这一次，我从神户坐渡轮要到四国，因为听说四国有优美而绵长的海岸线，还有几处国家公园。四国，是日本四大岛中最小的一岛，并且偏处南方，所以是外籍观光客较少去的地方，尤其是九月以后，天气寒凉，枫叶未红，游人就更少了。

　　从前，要到四国一定要乘渡轮，自从几条横跨濑户内海的长桥建成后，坐渡轮的人就少了。有很多人到四国去不是去看海、看风景的，只是为了去过桥，像"鸣门大桥"是颇有历史的，而新近落成的"濑户大桥"则是宏伟气派，长达十公里，听说所用的钢筋围起来可以绕地球一圈半，许多人四国来回，只为了看濑户大桥粗大的水泥与钢筋。对我而言，要过海，坐渡轮总是更有情味，人生里如果可以选择从容的心情，为什么不让自己从容一些呢？

"英鹤丸"里出乎想象的冷清，零落的游客横躺在长椅上睡觉。我在贩卖部买了一杯热咖啡，一边喝咖啡，一边倚在白色栏杆上看濑户内海。濑户内海果然与预想中的一样美，海水澄蓝如碧，天空秋高无云，围绕着内海的青山，全是透明的绿，这海山与天空的一尘无染，就好像日本传统的茶室，从瓶花到桌椅摸不出一丝尘埃。

在我眼前的就是濑户内海了，我轻轻地叹息着。

我这一次到日本来，希望好好看看濑户内海是重要的行程，原因说来可笑，是因为在日本的书籍里读到了一则中国禅师与日本禅师的故事。

故事大意是这样的：有一位中国禅师到日本拜访了一位日本禅师，两人一起乘船过濑户内海，那位日本禅师是曾到过中国学禅，亲炙过中国山水的。

在船上，日本禅师说："你看，这日本的海水是多么清澈，山景是多么翠绿呀！看到如此清明的山水，使人想起山里长在清水里那美丽的山葵花呀！"言下为日本的山水感到自负的意味。

中国禅师笑了，说："日本海的水果然清澈，山景也美。可惜，这水如果再浑浊一点就更好了。"

日本禅师听了非常惊异，说："为什么呢？"

"水如果浑浊一点，山就显得更美了。像这么清澈的水只能长出山葵花，如果浑浊一点，就能长出最美丽的白莲花了。"中国禅师平静地说。

日本禅师为之哑口无言。

这是禅师与禅师间机锋的对句，显然是中国禅师占了上风，但我在日本书上看到这则故事，却令我沉思了很久，颇能看见日本人谦抑的态度，也恐怕是这种态度，才使千百年来，濑户内海都能保持干净，不曾受到污染。反过来说，中国人因为自诩污水里能开出莲花，所以恣情纵意，把水弄脏了，也毫不在意。

不仅濑户内海吧！我童年时代，家乡有几家茶室，都是色情污秽之地，空间窄小，灯光黯淡，空气里飘浮着酸气、腐臭与霉味，地上都是痰渍。因为我有一位要好的同学是茶室老板的儿子，不免常常要出入，每次我都揾着鼻子走进去，走出来时第一件事则是深呼吸，当时颇为成年男子可以在那么浊劣的地方盘桓终日而疑惑不已，当然也更同情那些卖笑的"茶店仔查某"了。

有一次，同学的父亲告诉我，茶室原是由日本传来，从前台湾是没有茶室的。我听了就把乡下茶室的印象当成是日本人印象，心想日本民族真怪，怎么喜欢在下流的茶室不喝茶，却饮酒作乐呢？直到第一次去日本，又到几家传统茶室喝茶，简直把我吓坏了，因为日本茶室都是窗明几净、风格明亮，连园子里的花草都长在它应该长的地方，别说是色情了，人走进那么干净的茶室，几乎一丝不净的念头都不会生起，口里更不敢说一句粗俗的话，惟恐染污了茶盘。怪不得日本茶道史上，所有伟大的茶师都是禅师！

同样是"茶室"，在日本与中国的台湾却有截然不同的风貌，对照了日本禅师与中国禅师的故事就益发令人感慨，由小见大，山水其实就是人心，要了解一个地方人的性格，只要看那地方的山水也就了然。山且不论，看看台湾的水，从小溪、大河，到湖泊、沿海，无不是鱼虾死灭、垃圾漂流、污油朵朵、浮尸片片，我每次走过我们土地上的水域，就在里面看到了人心的污渍，在这样脏的水中想开出一朵白莲花，简直不可思议，需要多么大的勇气！多么大的坚持！与多么大的自我清净的力量！

我坐在濑户内海上的渡轮，看到船后一长条纯白的波浪时，就仿佛回到了中国禅师与日本禅师在船上对话的场景与心情，在污泥秽地中坚持自我品质的高洁是禅者的风格，可是要怎么样使污秽转成清明则是菩萨的胸怀，要拯救台湾的山水，一定要先从台湾的人心救起，要知道，长出莲花的地虽然污秽，水却是很干净的。

记得从前我当记者的时候，曾为了一个噪音与污染事件去访问一家工厂的负责人，他的工厂被民众包围，被迫停工，他却因坚持而与民众对峙。他闭起眼睛，十分陶醉地对我说："你听听，这工厂机器的转动声，我听起来就像音乐那么美妙，为什么他们不能忍受呢？"我听到他的话忍不住笑起来，他用一种很怀疑的眼神看我，眼神里好像在说："连你也不能欣赏这种音乐吗？"那个眼神到现在我还记得。

确实如此，在守财奴的眼中，钞票乃是人间最美丽的绘画呢！

听过了肆无忌惮的商人的音乐，我们再回到日本的茶室，日本茶道的鼻祖绍鸥曾经说过一句动人的话："放茶具的手，要有和爱人分离的心情。"这种心情在茶道里叫做"残心"，就是在行为上绵绵密密，即使简单如放茶具的动作，也要轻巧、有深沉的心思与情感，才算是个懂茶的人。

反过来说，一个人和爱人分离的心情，若能有如放下名贵茶具的手那么细心，把诀别的痛苦化为祝福的愿望，心中没有丝毫憎恨，留存的只有珍惜与关怀，才是懂得爱情的人。此所以茶道不昧流的鼻祖出云松江说："红叶落下时，会浮在水面；那不落的，反而沉入江底。"

境界高的茶师，并不在于他能品味好茶，而在他对待喝茶这整个动作的态度，即使喝的只是普通粗茶，他也能找到其中的情趣。

境界高的人生亦如是，并不在于永远有顺境，而是不论顺逆，也能用很好的情味去面对，这就是禅师说的"在途中也不离家舍"、"不风流处也风流"。因此，我们要评断一个人格调与韵致的高低，要看他失败时的"残心"。有两句禅诗"掬水月在手，弄花香满衣"最能表达这种残心，每一片有水的叶子都有月亮的映照，同样，人生的每个行为、每个动作都是人格的展现。没有经过残心的升华，一个人就无法有温柔的心，当然，也难以体会和爱人分离的心情是多么澄清、细密、优美，一如秋深落叶的空山了。

从前有一个和尚到农家去诵经，诵经的中途听到了小孩的哭声，转头一看，原来孩子爬在地上压到了一把饭铲子，地上很肮脏，孩子的母亲就把他抱起来，顺手把饭铲子放进热腾腾的饭上，洗也不洗。

于是，当孩子的母亲来请吃饭时，和尚假称肚子痛，连饭也没吃，就匆匆赶回寺里。过了一星期，和尚又去这农家诵经，诵完经，那母亲端出了一碗热腾腾的甜酒酿，由于天气严寒，和尚一连喝了好几碗，不仅觉得味美，心情也十分高兴。

等吃完了甜酒酿，孩子的母亲出来说："上一次真不好意思，您连饭都没吃就回去了，剩下很多饭，只好用剩饭做成一些甜酒酿，今天看您吃了很多，我实在感到无比的安慰。"

和尚听了大有感触，为逃避肮脏的饭铲子，没想到反而吃了七天前的剩饭做成的甜酒酿，因而悟到了"一饮一啄，莫非前定"。我们面对人生里应该承受的事物不也是如此吗？在饭铲中泡过的脏饭与甜酒，表面不同，本质却是一样。所以，欢喜的心最重要，有欢喜心，则春天时能享受花红草绿，冬天时能欣赏冰雪风霜，晴天时爱晴，雨天时爱雨。

好像一条清澈的溪流，流过了草木清华，也流过石畔落叶，它欢跃如瀑布时，不会被拘束，它平缓如湖泊时，也不会被局限，这就是金刚经里最动人心弦的一句"应无所住而生其心"。

我眼前的濑户内海也是如此，我体验了它明朗的山水，知道濑户内海不只是日本人的海，而是眼前的海，是大地之海，超越了名字与国籍。海上吹来的风，呼呼有声，在台湾林野里的清风亦如是，遍满大地，有南国的温暖及北地的凉意，匝地，有声。

晋朝有名的女僧妙音法师，写过一首诗：

长风拂秋月，

止水共高洁；

八到净如如，

何容业萦结？

"八到"是指风从东、南、西、北、东南、东北、西南、西北一起到，分不出是从哪里到，静听、感受清风的吹拂，其中有着禅的对语。在步出"英鹤丸"的时候，我看见了长在清水里的山葵花是美丽的，长在污泥里的白莲花也是美丽的。与爱人相会的心情是美丽的，与爱人分离的心情也是美丽的。

只因为我的心是美丽的，如清风一样，匝地，有声。

木鱼馄饨

我站在巷口，看他缓缓推走小小的摊车消失在巷子的转角，一直到很远了，我还可以听见木鱼声从黑夜的空中穿过，温暖着迟睡者的心灵。

深夜到临沂街去访友，偶然在巷子里遇见多年前旧识的卖馄饨的老人，他开朗依旧，风趣依旧，虽然抵不过岁月风霜而有一点佝偻了。

四年多以前，我客居在临沂街，夜里时常工作到很晚，每天凌晨一点半左右，一阵清越的木鱼声，总是响进我临街的窗口。那木鱼的声音非常准时，天天都在凌晨的时间敲响，即使在风雨来时也不间断。

刚开始的时候，木鱼声带给我一种神秘的感觉，往往令我停止工作，出神地望着窗外的长空，心里不断地想着：这深夜的木鱼声，到底是谁敲起的？它又象征了什么意义？难道有人每天凌晨一时在我住处附近念经吗？

在民间，过去曾有敲木鱼为人报晓的僧侣，每日黎明将晓，他们就穿着袈裟草鞋，在街巷里穿梭，手里端着木鱼滴滴笃笃地敲出低沉但雄长的声音，一来叫人省睡，珍惜光阴；二来叫人在心神最为清明的五更起来读经念佛，以求精神的净化；三来僧侣借木鱼报晓来布施化缘，得些斋衬钱。我一直觉得这种敲木鱼报佛音的事情，是中国佛教与民间生活相契的一种极好的佐证。

但是，我对于这种失传于闾巷很久的传统，却出现在台北的临沂街感到迷惑。因而每当夜里在小楼上听到木鱼敲响，我都按捺不住去一探究竟的冲动。

冬季里有一天，天空中落着无力的飘闪的小雨，我正读着一册印刷极为精美的《金刚经》，读到最后"一切有为法，如梦幻泡影，如露亦如电，应作如是观"一段，木鱼声恰好从远处的巷口传来，格外使人觉得昊天无极，我披衣坐起，撑着一把伞，决心去找木鱼声音的来处。

那木鱼敲得十分沉重着力，从满天的雨丝里穿扬开来，它敲敲停停，忽远忽近，完全不像是寺庙里读经时急落的木鱼。我追踪着声音的轨迹，匆匆穿过巷子，远远地，看到一个披着宽大布衣，戴着毡帽的小老头子，他推着一辆老旧的摊车，正摇摇摆摆地从巷子那一头走来。摊车上挂着一盏四十瓦的灯泡，随着道路的颠踬，在微雨的暗道里飘摇。一直迷惑我的木鱼声，就是那位老头所敲出来的。

一走近，才知道那只不过是一个寻常卖馄饨的摊子，我问老人为什么选择了木鱼的敲奏，他的回答竟是十分简单，他说："喜欢吃我的馄饨的老顾客，一听到我的木鱼声，他们就会跑出来买馄饨了。"我不禁哑然，原来木鱼在他，就像乡下卖豆花的人摇动的铃铛，或者是卖冰水的小贩手中吸引小孩的喇叭，只是一个再也简单不过的信号。

是我自己把木鱼联想得太远了，其实它有时候仅仅是一种劳苦生活的工具。

老人也看出了我的失望，他说："先生，你吃一碗我的馄饨吧，完全是用精肉做成的，不加一点葱菜，连大饭店的厨师都爱吃我的馄饨呢。"我于是丢弃了自己对木鱼的魔障，撑着伞，站立在一座红门前，就着老人摊子上的小灯，吃了一碗馄饨。在风雨中，我品出了老人的馄饨，确是人间的美味，不下于他手中敲的木鱼。

后来，我也慢慢成为老人忠实的顾客，每天工作到凌晨，远远听到他的木鱼声，就在巷口里候他，吃完一碗馄饨，才继续我未完的工作。

和老人熟了以后，才知道他选择木鱼作为馄饨的信号有他独特的匠心。他说因为他的生意在深夜，实在想不出一种可以让远近都听闻而不至于吵醒熟睡人们的工具，而且深夜里像卖粽子的人大声叫嚷，是他觉得有失尊严而有所不为的，最后他选择了木鱼——让清醒者可以听到他的叫唤，却不至于中断了熟睡者的美梦。

木鱼总是木鱼，不管从什么角度来看它，它仍旧有它的可爱之处，即使用在一个馄饨摊子上。

我吃老人的馄饨吃了一年多，直到后来迁居，才失去联系，但每当在静夜里工作，我仍时常怀念着他和他的馄饨。

　　老人是我们社会角落里一个平凡的人，他在临沂街一带卖了三十年馄饨，已经成为那一带夜生活里人尽皆知的人，他固然对自己亲手烹调后小心翼翼装在铁盒的馄饨很有信心，他用木鱼声传递的馄饨也成为那一带的金字招牌。木鱼对他，对吃馄饨的人来说，都是生活里的一部分。

　　那一天遇到老人，他还是一袭布衣，还是敲着那个敲了三十年的木鱼，可是老人已经完全忘记我了，我想，岁月在他只是云淡风轻的一串声音吧。我站在巷口，看他缓缓推走小小的摊车消失在巷子的转角，一直到很远了，我还可以听见木鱼声从黑夜的空中穿过，温暖着迟睡者的心灵。

　　木鱼在馄饨摊子里真是美，充满了生活的美，我离开的时候这样想着，有时读不读经都是无关紧要的事。

象牙球

　　能感受山之美的人不一定要住在山中，能体会水之媚的人不一定要住在水旁，能欣赏象牙球的人不一定要手握象牙球，只要心中有山、有水、有象牙球也就够了，因为最美的事物永远是在心中，不是在眼里。

　　每隔一段时间，我总要到外双溪的台北故宫博物院走一遭，有时候也不一定去看什么先人给我们留下的宝物，只是想去那里走走，呼吸一下远古的芬芳。

　　台北故宫博物院的宝藏多到不可胜数，任有再好的眼力，也不敢拍胸脯保证说，看过了所有的宝物。因此在"故宫"，散步往往像是平原走马，只知道到处都是汹涌的美景和无尽的怀思，有时候马走得太快，回来后什么都记不得，只有一种朦胧的美感，好像曾在梦里见过。

　　在"故宫"的呼吸，又像是走进一个春天里繁花盛开的花园，有许多花我们从未见过，有许多花是我们见过而不知道名字的，但是我们深深地呼吸，各种花的香气突然汇成一条河流，从极远的时空，流过历史、流过地理，一直流到我们的心里来。我们的心这时是一个湖泊，能够涵容百川，包纳历史上无数伟大的艺术心灵。

每一位伟大的艺术家是一朵花的开放，进入了"故宫"以后，我们也许看不见那朵花了，因为有的花很小，一点也不起眼，有的花即使很大，在花园里也是小的。那种感觉真是美，在花园里，一个小小的核桃舟，也和一幅长江万里图具有同样崇高的地位，令后人在橱窗前俯首。

我有时会突发奇想，那么多的中国人文艺术的宝藏，如果我们能穿透橱窗，去触摸那些精美的器物与图册，心头不知道会涌起什么样的感动。可惜我不可能去触摸，就如同在花园里不能攀折花木，即使爱到极处，也只能静静地欣赏和感叹。更由于不能触摸，不能拥有，愈发觉得它的崇高。

手不能触摸，心灵是可以的。有好几次，我简直听到自己的心灵贴近的声音，一贴近了一件稀世的奇珍，等于听到一位艺术家走过的足音，也借着他的足音，体会了中国的万里江山，千百世代。每件作品在那时是一扇窗，雕刻得细致的窗，一推开，整片的山色和水势不可收拾地扑进窗来；在窗里的我们纵使喝了三杯两盏淡酒，也敌不过那片山水的风急。

我有几位在"故宫"工作的朋友，有时会羡慕他们的工作，想象着自己能日日涵泳在一大片古典的芬芳里，不知道是一件多么快乐的事。更何况每一件事物都有一段让人低徊沉思的典故，即使不知道典故，我想一件精美的作品也是宜于联想的，让思绪走过历史的隔膜。就拿一般人最熟悉的"翠玉白菜"和"白玉苦瓜"来说吧，我第一次看到这两件作品就像走进了清朝的宫殿，虽然查不出它们确切的年月，也不知是何人作品，我却默默地向创造它们的工匠顶礼。

翠玉白菜的玉原本是不纯的翠玉，没有像纯玉一样的价值，由于匠师将翠绿部分雕成菜尖，白玉雕成叶茎，还在菜尖上雕出两只栩栩如生的螽斯虫，使那原来不纯的玉，由于创作者的巧艺匠心，甚至比纯玉有了千百倍的价值，白玉苦瓜更不用说了。就是一块年代久远的汉玉，如果没有匠心，也比不上这两件作品的价值。

"故宫"有许多作品都是这样的，不用谈到玉器，有许多铜器、铁器，甚至最简单的陶瓷器，它们原来都是普通的物件，由于艺术的巧思站在时间之上，便使它们不朽。但是我在"故宫"的朋友仍然是不满足的，他们常常感慨八国联军之后，太多中国的宝物流入番邦，成为异国博物馆的稀世之珍，我们观赏不易，只有借着书籍图册来作乡愁的慰安，我们总是恨不得中国的归中国，属于中国。这恐怕是不可避免的情感，据说法国人一再向英国政府提出请求，希望英国归还留在英女王皇宫中的法国家具，理由很简单：这些历史悠久的法国家具，在英国只是家具，在法国却是国宝。英国的不归还却没有理由，这种冷淡的态度曾令许多骄傲的法国佬为之落泪。

中国流至世界各地的宝物绝不仅止于家具，因此每次我看到各国的博物馆辟出中国馆，展出连中国都没有的宝物时，虽不致落泪，却觉得无比惆怅，像一些滴落的血。可叹的是，我们连争取都没有，只能在外国的博物馆里听黄发蓝眼的人发出的喝彩声。

有一回在西雅图美术馆看到许多精美无匹的唐三彩，使我在美术馆门口的脚步浮动，几乎忘记了怎么好好地走路。

最近，我在"故宫"仔细地站着欣赏几个象牙球，那些大小不一的象牙球，即使隔着橱窗，还能看到球中有球，一层层地包围着，最细小的球甚至可以往里面推到无限。其实，象牙球在"故宫"里只是最普通的宝物，也有许多流到国外，但一点也不减损它的价值——恐怕一个匠人的一生，刻不了几个象牙球吧！

在那一刻，我觉得中国艺术的珍藏和文化的光华真有些像象牙球似的，一层一层地发展出来，最后成为完美的圆形的实体。

我们看过不少外国文化艺术的巅峰之作，也曾令我们心灵震荡，但它的意义还比不上一个象牙球，因为象牙球只是中国艺术心灵的小小象征，它里面流着和我们一样的血，创作的人和我们有相同的文化，有相同的语言文字，甚至和我们有一样历史和地理的背景。

我觉得，"故宫"给我最大的感动，是它让我们感到在浩浩土地上、悠悠历史中并不孤立，有许多流着和我们相同血液的伟大心灵陪伴着我们，环视着我们。这样想时，我就不再那么羡慕在"故宫"工作的朋友了，因为我们不是研究者，只是欣赏者，从大角度来看，"故宫"只是一条血的河流，一个可以呼吸的花园，或者只是一种呼应着的情感。

能感受山之美的人不一定要住在山中，能体会水之媚的人不一定要住在水旁，能欣赏象牙球的人不一定要手握象牙球，只要心中有山、有水、有象牙球也就够了，因为最美的事物永远是在心中，不是在眼里。

学看花

细行能成万法，所以不能小看看花，不能明知而走错一步，万一走错了要赶紧忏悔回头，就像花谢还会再开！就像把坏的枝芽剪去，是为了开最美的花。

现代通家南怀瑾居士，有一次谈到他少年时代，一心想学剑的故事。

他听说杭州西湖城隍山有一个道人是剑仙，就千里迢迢跑去求道学剑，经过很多次拜访，才见到那位仙风道骨的老人。老人先是不承认有道，更不承认是剑仙，后来禁不起恳求，才对南先生说："欲要学剑，先回家去练手腕劈刺一百天，练好后再在一间黑屋中，点一支香，用手执剑以腕力将香劈开成两片，香头不熄，然后再……"

老人说了许多学剑的方法，南先生听了吓一跳，心想劈一辈子也不一定能学会剑，更别说当剑仙了，只好向老人表示放弃不学。

这时，老人反过来问他："会不会看花？"

"当然会看。"南先生答曰，心想，这不是多此一问吗？

"不然，"老人说，"普通人看花，聚精会神，将自己的精气神，都倾泻到花上去了，会看花的人，只是半觑着眼，似似乎乎的，反将花的精气神，吸收到自己身中来了。"

南先生从此悟到，一个人看花正如庄子所说"与天地精神相往来"，不只是看花，乃至看树、看草、看虚无的天空，甚至看一堆牛粪，不都是借以接到天地间的光能，看花的会不会，关键不在看什么，而在于怎么看。

所以，南先生常对跟他学道的人说："先学看花吧！"

南先生所说的"学看花"和禅宗行者所说的"瓦砾堆里有无上法"意思是很相近的，也很像学佛的人所说的"细行"，就是生活中细小的行止，如果在细行上有所悟，就能成其大；如果一个人细行完全，则动行举止都能处在定境。因此，细行对学佛的人是非常重要的，民初禅宗高僧来果禅师就说："我人由一念不觉，才有无明，无明只行细行，未入名色。今既复本细行，是知心源不远……他人参禅难进步，细行人初参即进步。"

我们常说修习菩萨道，要注意"三千威仪，八万细行"，就是指对生活的一切小事都不可空忽，应该知道一切的语默动静都有深切的意义。

顾全细行，究竟有什么意义呢？

从前，佛陀在世的时候，有一天到忉利天宫，帝释（即俗称玉皇大帝）设宴供养，佛陀即把帝释也化成佛的形相，佛陀的弟子目连、舍利弗、迦叶、须菩提等人随后到了忉利天，看到两个佛陀坐在里面，不知道哪一位才是佛陀，难以向前问礼。目连尊者心惊毛竖，赶紧飞身到梵天上，也分不清哪一个是佛，又远飞九百九十恒河沙佛土之外，还是分不清（因为佛法身大于帝释，理论上应该从远处即可分清）。

目连尊者急忙又飞身回来，找舍利弗商量要怎么办。舍利弗说："诸罗汉请看座上哪个有细行？眼睛不乱翻，即是世尊。"

佛陀的弟子这时才从细行分出真假佛陀，齐向佛前问礼，佛陀对他们说："神通不如智慧，目连粗心，不如舍利弗细行。"（按，目连是佛弟子中神通第一，舍利弗则是智慧第一）佛陀的意思是智慧是从细行中生出，只有细行的人才能观到最细微深刻的事物。

细行，包括行、住、坐、卧、言语、行事、威仪等一切生活的细微末节。来果禅师就说一个人能细行，到最微细处，能听到蚂蚁喊救命而前去救护，他曾说到自己的经验："余一日睡广单（即通铺），闻声哭喊，下单寻觅，见无脚虱子，在地乱碰乱滚。"心如果能细致到这步田地，还有什么不能办呢？

民初律宗高僧弘一大师，是南山律宗的传人，持戒最为精严，平时走路都怕踩到虫蚁，因此常目视地上而行。弘一大师的事迹大家在《弘一大师年谱》《弘一大师传》中都很熟悉，但有一件事是大家比较不知道的：

弘一大师晚年受至友夏丏尊先生之托，为开明书局书写字典的铜模字体，已经写了一千多字，后来不得不停止。停止的原因，弘一大师在写给夏丏尊的信中曾详细述及，最重要的一个原因，他写道："去年应允此事之时，未经详细考虑，今既书写之时，乃知其中有种种之字，为出家人书写甚不合宜者。如刀部中残酷凶恶之字甚多。又女部中更不堪言。尸部中更有极秽之字。余殊不愿执笔书写。"最后，弘一大师无可奈何地写道："余素重然诺，绝不愿食言，今此事实有不得已之种种苦衷，务乞仁者向开明主人之前代为求其宽恕谅解，至为感祷。"

我读《弘一大师书简》到这一段时，曾合书三叹，这是极精微的细行，光是书写秽陋的字就觉得污染了自己的身心，我近年来也颇有这样的体会，对我们靠文字吃饭的人，读到弘一大师的这段话，能不惭愧忏悔吗？

当然，我们凡夫要做到高僧一样的细行，非常困难，不过从世俗的观点来看，要使自己的人格身心健全，细行仍然是必要的，怎么样学细行呢？

先学看花！再学看牛粪！

学看花固然是不因花香花美而贪着，学看牛粪则也不因粪臭粪恶而被转动，这样细行才守得住。正是佛陀在《杂阿含经》中说的："诸所有色，若过去若未来若现在，若内若外，若粗若细，若好若丑，若远若近，彼一切非我，非我所，如实观察受想行识，亦复如是……如是观察，于诸世间都无所取，无所取故，无所著；无所著故，自觉涅槃。"

佛经里常以莲花喻人，若我们以细行观莲花，一朵莲花的香不是花瓣香，或花蕊香，或花茎香，或花根香，而是整株花都香，如果莲花上有一部分是臭秽的，就不能开出清净香洁的莲花了。

此所以有人把戒德称为"戒香"，只有一个人在小节小行上守清规，才能使人放出人格的馨香，注意规范的本身就是一种香洁的行为。

会看花的人，就会看云、看月、看星辰，并且在人世中的一切看到智慧。

"会看"就要先有细致的心，细致的心从细行开始，细行犹如划起一支火柴，细致的心犹如被点燃的火炬，火炬不管走进多么黑暗的地方，非但不和黑暗同其黑暗，反而能照破黑暗，带来光明！火炬不但为自己独自照亮，也可以分燃给别人，让别人也有火炬，也照亮黑暗。

此所以莲花能出污泥而不染。

此所以仁者能处浊世而不着。

细行能成万法，所以不能小看看花，不能明知而走错一步，万一走错了要赶紧忏悔回头，就像花谢还会再开！就像把坏的枝芽剪去，是为了开最美的花。

那么，让我们走进花园，学看花吧！

黄玫瑰的心

当我们有大觉的心，甚至体贴一朵黄玫瑰，以心印心，心心相印，我们就会知道，原来在最近、最平凡的一切里，就有最深、最奇绝的智慧！

因为这绝望的爱情，我已经过了很长一段沮丧、疲倦，像行尸走肉一样的日子。

昨夜采访矿坑灾变回来，因疼惜生命的脆弱与无助，坐在床上不能入睡。清晨，当第一道阳光照入，我决定为那已经奄奄一息的爱情做最后的努力。我想，第一件该做的事是到我常去的花店买一束玫瑰花，要鹅黄色的，因为我的女朋友最喜欢黄色的玫瑰。

剃好胡子，勉强拍拍自己的胸膛说："振作起来！"

想想昨天在矿坑灾变后那些沉默、哀伤，但坚强的面孔，我出门了。

我往市场的花店走去，想到在一起五年的女朋友，竟为了一个其貌不扬的，既没有情趣又没有才气的人而离开，而我又为这样的女人去买玫瑰花，既心痛又心碎，既生气又悲哀得想流泪。

到了花店，一桶桶美艳的、生气昂扬的花正迎着朝阳开放。我找了半天，才找到放黄玫瑰的桶子，只剩下九朵，每一朵都垂头丧气的。

"真衰！人在倒霉的时候，想买的花都垂头丧气的。"我在心里咒骂，"老板！"我粗声地问，"还有没有黄玫瑰？"

老先生从屋里走出来，和气地说："没有了，只剩下你看见的那几朵啦！"

"这黄玫瑰头都垂下来了，我怎么买？"

"哦，这个容易，你去市场里逛逛，半个小时后回来，我保证给你一束新鲜的、有精神的黄玫瑰。"老板赔着笑，很有信心地说。

"好吧。"我心里虽然不信，但想到说不定他要向别的花店去调，也就转进市场去逛了。

心情沮丧时看见的市场简直是尸横遍野，那些被分解的动物尸体，使我更深刻地感受到这是一个悲苦的世界。小贩的刀俎的声音，使我的心更烦乱。好不容易在市场里熬了半个小时，再转回花店时，老板已把一束元气淋漓的黄玫瑰用紫色的丝带包好了，放在玻璃柜上。

我简直不敢相信自己的眼睛，说："这就是刚刚那一些黄玫瑰吗？"——它们垂头丧气的样了还映在我的眼前！

"是呀！就是刚刚那些黄玫瑰。"老板还是笑嘻嘻地说。

"你是怎么做到的？刚刚明明已经谢了呀！"我听到自己发

出惊奇的声音。

花店老板说："这非常简单。刚刚这些玫瑰不是凋谢，只是缺水，我把它们整株泡在水里，才二十分钟，它们全又挺起胸膛了。"

"缺水？你不是把它们插在水桶里吗？怎么可能缺水呢？"

"少年仔，玫瑰花整株都要水呀！泡在水桶里的是它的根茎，它喝水就好像人吃饭一样。人不能光吃饭，人要用脑筋，要有思想、有智慧，才能活得抬头挺胸。玫瑰花的花朵也需要水。在田野里，它们有雨水、露水，但是剪下来后就很少人注意这一点了，很少有人再给花的头浇水。如果它的头垂下来，只要把整株泡在水里，很快就恢复精神了。"

我听了非常感动，怔在当场：呀！原来人要活得抬头挺胸，需要更多的智慧，要常把干枯的头脑泡在冷静的智慧之水里。

当我告辞的时候，老板拍拍我的肩膀说："少年仔！要振作咧！"

这句话差点使我流泪走回家，原来他早就看清我是一朵即将枯萎的黄玫瑰。

回到家，我放了一缸水，把自己整个人浸在水里，体会着一朵黄玫瑰的心，起来后通身舒泰，我决定不把那束玫瑰送给离去的女友。

那一束黄玫瑰，每天都会被我整株泡一下水，花瓣一星期以后才凋落，是抬头挺胸凋谢的。

这是十几年前我写在笔记上的一件真实的事。从那一次以后，我就知道了一些买回来的花朵垂头丧气的秘密。最近找到这一段笔记，感触和当时一样深，更确实地体会到，人只要有细腻的心去体会万象万法，到处都有启发的智慧。

从一朵花里，就能看到宇宙的庄严，看到美，看到不屈服的意志。

有一位花贩告诉我，几乎所有的白花都很香，愈是颜色艳丽的花愈是缺乏芬芳，他的结论是："人也是一样，愈朴素单纯的人，愈有内在的芳香。"

有一位花贩告诉我，夜来香其实白天也很香，但是很少有人闻得到。他的结论是："因为白天人的心太浮了，闻不到夜来香的香气，如果一个人白天时心也很沉静，就会发现夜来香、桂花、七里香，连酷热的中午也是香的。"

有一位花贩告诉我，清晨买莲花一定要挑那些盛开的，结论是："早上是莲花开放最好的时间，如果一朵莲花早上不开，可能中午和晚上都不会开了。我们看人也是一样，一个人在年轻的时候没有志气，中年或晚年是很难有志气的。"

有一位花贩告诉我，愈是昂贵的花愈容易凋谢，那是为了向买花的人说明："要珍惜青春呀！因为青春是最名贵的花！"

有一位花贩告诉我……

让我们来体会这有情世界的一切展现吧！当我们有大觉的心，甚至体贴一朵黄玫瑰，以心印心，心心相印，我们就会知道，原来在最近、最平凡的一切里，就有最深、最奇绝的智慧！

岁月的灯火都睡了

我想到，岁月就像那样，我们眼睁睁地看自己的往事在面前一点一点淡去，而我们的前景反而在背后一滴一滴淡出，我们不知道下一站在何处落脚，甚至不知道后面的视野怎么样，只能走一步算一步。

前些日子在香港，朋友带我去游维多利亚公园，我们在黄昏的时候坐缆车到维多利亚山上（香港人称为太平山）。这个公园在香港的生活中是一个异数，香港的万丈红尘声色犬马看了叫人头昏眼花，只有维多利亚山还保留了一点绿色的优雅的情趣。

我很喜欢坐公园的铁轨缆车。在陡峭的山势上硬是开出一条路来，缆车很小，大概可以挤四十个人，缆车司机很悠闲地吹着口哨，使我想起小时候常常坐的运甘蔗的台糖小火车。

不同的是，台糖小火车"恰恰碰碰"，声音十分吵人，路过处又都是平畴绿野，铁轨平平地穿过原野。维多利亚山的缆车却是无声的，它安静地前行，山和屋舍纷纷往我们背后退去，一下子，香港——甚至九龙——都已经被远远地抛在脚下了。

有趣的是，缆车道上奇峰突起，根本不知道下一刻会有什么样的视野，有时候视野平朗了，你以为下一站可以看得更远，下一站有时被一株大树挡住了，有时又遇到一座三十层高的大厦横生面前。一留心，才发现山上原来也不是什么蓬莱仙山，高楼大厦古堡别墅林立，香港的拥挤在这个山上也可以想见了。

缆车站是依山而建，缆车半路上停下来，就像倒吊悬挂着一般，抬头固不见顶，回首也看不到起站的地方，我们便悬在山腰上，等待缆车司机慢慢启动。终于抵达了山顶，白云浓得要滴出水来，夕阳正悬在山的高处，这时看香港，因为隔着山树，竟看出来一点都市的美了。

香港真是小，绕着维多利亚公园走一圈已经一览无遗，右侧由人群和高楼堆积起来的香港、九龙闹区，正像积木一样，一块连着一块，好像一个梦幻的都城，你随便用手一推就会应声倒塌。左侧是海，归帆点点，岛与岛在天的远方。

香港商人的脑筋动得快，老早就在山顶上盖了大楼和汽车站。大楼叫"太平阁"，里面什么都有，书店、工艺品店、超级市场、西餐厅、茶楼等等，只是造型不甚调和。汽车站是绕着山上来的，想必比不上缆车那样有风情。

我们在"太平阁"吃晚餐，那是俯瞰香港最好的地势。我们坐着，眼看夕阳落进海的一方，并且看灯火在大楼的窗口一个个点燃，才一转眼，香港已经成为灯火辉煌的世界。我觉得，香港的白日是喧哗是让人烦厌的，可是香港的夜景却是美得如同神话里的宫殿，尤其是隔着一脉山一汪水，它显得那般安静，好像只是点了明亮的灯火，而人都安息了。

我说我喜欢香港的夜景。

朋友说："因为你隔得远，有距离的美。你想想看，如果你是那一点点光亮的窗子里的人，就不美了。"他想了一下说："你安静地注视那些灯，有的亮，有的暗，有的亮过又暗了，有的暗了又亮起来，真是有点像人生的际遇呢！"

我们便坐在维多利亚山上看香港、九龙的两岸灯火。那样看人被关在小小的灯窗里，人真是十分渺小的，可是人多少年来的努力竟是把自己从山野田园的广阔天地上关进一个狭小的窗子里。这样想时，我对现代文明的功能不免生出一种迷惑的感觉。

朋友并且告诉我，香港人的墓地不是永久的，人死后八年便必须挖起来另葬他人。因为香港的人口实在太多了，多到必须和已故之人争寸土之地——这种人给人的挤迫感，只要走在香港街头看汹涌的人潮就体会深刻了。

我们就那样坐在山上看灯看到夜深，看到很多地区的灯灭去，但是另一地区的灯再亮起来——香港是一个不夜的城市。我们坐最后一班缆车下山。

下山的感觉也十分奇特，我们背着山势面对山尖，车子却是俯冲下山，山和铁轨于是顺着路一大片一大片露出来。我看不见车子前面的风景，却看见车子后面的风景一片一片地远去，本来短短的铁轨愈来愈长，终于长到看不见的远方。风从背后吹来，呼呼地响。

我想到，岁月就像那样，我们眼睁睁地看自己的往事在面前一点一点淡去，而我们的前景反而在背后一滴一滴淡出，我们不知道下一站在何处落脚，甚至不知道后面的视野怎么样，只能走一步算一步。

往事再好，也像一道柔美的伤口，它美得凄迷，却是每一段都是有伤口的。它最后连接成一条轨道，隐隐约约透露出一些规则来。社会和人不也是一样吗？成与败都是可以在过去找到一些讯息的。

我们到山下时，我抬头看，维多利亚山已经笼罩在月光之中。那一天，我在寄寓的香港酒店顶楼坐着，静静地沉默地俯望香港和九龙，一直到九龙尖沙咀的灯火和对岸香港天星码头的灯火，都在凌晨的薄雾中暗去。我想起自己过去所经历的一些往事，真切地感受到，当岁月的灯火都睡去的时候，有些往事仍鲜明得如同在记忆的显影液中，我们看它浮现出来、但毕竟是过去了。

第三部分

人间最美是清欢

一个人以浊为欢的时候，就很难体会到生命清明的滋味，而在欢乐已尽，浊心再起的时候，人间就愈来愈无味了。

拥有

在心念广大的时候，我们可以欣赏一切、涵容一切，可是比照起我们所能欣赏与涵容的事物，我们又显得太渺小了。

星云大师退位的时候，许多人都为他离开佛光山而感到惋惜，他说了一段非常有智慧的话，他说：

"佛光山如果要说是属于我的，就是属于我的。因为大自然的一切，小如花草清风，大到山河大地，如果你认为是你的，它就是你的了。

"佛光山，如果要说不是属于我的，就不是属于我的。因为不要说佛光山这么大的园林，不能为个人拥有，即使是自己的身体也不是自己所拥有的。"

这两段话很有智慧，是由于大师真正彻悟地照见了人生的本质，人具有两种本质，一种是极为壮大开阔的，一种又是极端的渺小和卑微。在心念广大的时候，我们可以欣赏一切、涵容一切，可是比照起我们所能欣赏与涵容的事物，我们又显得太渺小了。

明了了这一层，一个人对事物的拥有是应该重新来认识的。我们常在心里想着："这是我的房子，这是我的车子，这是我的土地，这是我的财产……这个是我的，那个也是我的。"因为我们拥有了太多的东西，所以害怕失去，害怕失去才是痛苦的根源，此所以有了拥有，就有了负担，就不能自在。

到了年老体衰，即使拥有许多东西，但不能享用，也就算失去了；最后两手一摊，不管什么宝贝的东西也握不住了。

在佛经里，所有娑婆世界的一切，都不是用来拥有的，而是用来舍的，一个人舍得下一切则是真正壮大，无牵无挂；一个人拥有一切正是沉沦苦痛的泉源。

我们是入世的凡夫，难以直趋其境，但我们可以训练一种拥有，就是在心灵上拥有，不在物欲上拥有；在精神上对一切好的东西能欣赏、能奉献、能爱，而不必把好的事物收藏成为自己专有。能如此，则能免于物欲上的奔逐，免于对事物的执迷，那么人生犹如宽袍大袖，清风飘飘，何忧之有？

清末才子王国维曾在《红楼梦评论》中说："濠上之鱼，庄、惠之所乐也，而渔父袭之以网罟；舞雩之木，孔、曾之所憩也，而樵者继之以斤斧。若物非有形，心无所住，则虽殉财之夫，贵私之子，宁有对曹霸、韩干之马，而计驰骋之乐，见毕宏、韦偃之松，而思栋梁之用，求好逑于雅典之偶，思税驾于金字之塔者哉？"

　　说得真是好极了！当人看到鱼只想到吃，看到树就想要砍，看到大画家画的马也想骑，画的松树只想到盖房子……那么这些人就永远不能拥有鱼的优游、树的雄伟、马的俊逸、松的高奇种种之美，则其所欲弥多，随之苦痛弥甚，还能体会什么真实的快乐呢？

月到天心

在童年的岁月里，我们心目中的月亮有一种亲切的
生命，就如同有人提灯为我们引路一样。

二十多年前的乡下没有路灯，夜里穿过田野要回到家里，差
不多是摸黑的，平常时日，都是借着微明的天光，摸索着回家。

偶尔有星星，就亮了很多，感觉到心里也有星星的光明。

如果是有月亮的时候，心里就整个沉淀下来，丝毫没有了黑
夜的恐惧。在南台湾，尤其是夏夜，月亮的光格外有辉煌的光明，
能使整条山路都清清楚楚地延展出来。

乡下的月光是很难形容的，它不像太阳的投影是从外面来，
它的光明犹如从草树、从街路、从花叶，乃至从屋檐、墙垣内部
微微地渗出，有时会误以为万事万物的本身有着自在的光明。假
如夜深有雾，到处都弥漫着清气，当萤火虫成群飞过，仿佛是月
光所掉落出来的精灵。

每一种月光下的事物都有了光明，真是好！

更好的是，在月光底下，我们也觉得自己心里有着月亮、有着光明，那光明虽不如阳光温暖，却是清凉的，从头顶的发到脚尖的趾甲都感受到月的清凉。

走一段路，抬起头来，月亮总是跟着我们，照看我们。在童年的岁月里，我们心目中的月亮有一种亲切的生命，就如同有人提灯为我们引路一样。我们在路上，月在路上；我们在山顶，月在山顶；我们在江边，月在江中；我们回到家里，月正好在家屋门前。

直到如今，童年看月的景象，以及月光下的乡村都还历历如绘。但对于月之随人却带着一些迷思，月亮永远跟随我们，到底是错觉还是真实的呢？可以说它既是错觉，也是真实。由于我们知道月亮只有一个，人人却都认为月亮跟随自己，这是错觉；但当月亮伴随我们时，我们感觉到月是唯一的，只为我照耀，这是真实。

长大以后才知道，真正的事实是，每一个人心中有一片月，它是独一无二、光明湛然的，当月亮照耀我们时，它反映着月光，感觉天上的月也是心中的月。在这个世界上，每个人心里都有月亮埋藏，只是自己不知罢了。只有极少数的人，在最黑暗的时刻，仍然放散月的光明，那是知觉到自己就是月亮的人。

这是为什么禅宗把直指人心称为"指月"，指着天上的月教人看，见了月就应忘指；教化人心里都有月的光明，光明显现时就应舍弃教化。无非是标明了人心之月与天边之月是相应的、含容的，所以才说"千江有水千江月，万里无云万里天"，即使江水千条，条条里都有一轮明月。从前读过许多诵月的诗，有一些颇能说出"心中之月"的境界，例如王阳明的《蔽月山房》：

> 山近月远觉月小，
> 便道此山大于月。
> 若人有眼大如天，
> 当见山高月更阔。

确实，如果我们能把心眼儿放开到天一样大，月不就在其中吗？只是一般人心眼儿小，看起来山就大于月亮了。还有一首是宋朝理学家邵雍写的《清夜吟》：

> 月到天心处，
> 风来水面时。
> 一般清意味，
> 料得少人知。

月到天心、风来水面，都有着清凉明净的意味，只有微细的心情才能体会，一般人是不能知道的。我们看月，如果只看到天上之月，没有见到心灵之月，则月亮只是极短暂的偶遇，哪里谈得上什么永恒之美呢？

所以回到自己，让自己光明吧！

水中的金影

有很多人认为现代人比古代人富有，其实不然，真正的富有是一种知足的生活态度，有钱而不知足的人并不是富有，能安于生活的人才是富有。

从前有一个人走过大池塘边，看到水底有金色的影子，很像黄金。

他立即跳入水里要找那黄金，他把水中的泥土一捧一捧地捞起来，一直到把整个池塘弄得混浊不堪，自己又疲累得要命，只好爬回岸边休息。过了一会儿，池水清澈之后，又看到那金色的影子。

他又进去捞，仍然捞不到，这样来回三四次，自己已经疲累不堪。他的父亲看他久出未归，就跑出来寻找，最后在池边找到他，看他疲累不堪，就问他："你为什么把自己弄得这么疲困呢？"

他说："这水底有真金，我明明看见的，可是找了三四趟都没有捞到，才弄得这么疲困。"

父亲仔细地凝视水底真金的影子，立刻知道那金子是在岸边的树上，为什么会知道呢？因为影子既然在水底，金子就不会在水底，影子乃是金子的投射。

后来，他听了父亲的话到树上一找，果然找到金子，父亲就说："这可能是飞鸟衔金，掉落到树上的！"

这是释迦牟尼佛在《百喻经》里讲的"见水底金影喻"，是用来解释无我的空性的，最后，佛陀说了一首偈："凡夫愚痴人，无智亦如是。于无我阴中，横生有我想。如彼见金影，勤苦而求觅，徒劳无所得。"

我很喜欢这个故事，因为它充满了优美的譬喻与联想，我们因为执着于"我"，于是拼命追求，就好像一直扰动真实的净水，而失去生命的实相。当我们以水中的金影当成真实的时候，我们就会一再地跃入水中，到最后只剩下一身的徒劳，什么也得不到。

如果水中的金影到最后令我们发现树上的黄金，那还是好的，最怕的是看见了夕阳的倒影就跳入水中，找了半天一上岸，天色就黑了。

我们如果时常反思人的欲望，就会发现现代人的欲望比从前的人复杂强烈得多，生之意趣也变得贫乏得多。为什么呢？因为一来追求的事物多了，人人都变得忙碌不堪；二来生命的永不餍足，使人无法静思；三来所掌握的东西，都是短暂虚幻不实的。

有很多人认为现代人比古代人富有，其实不然，真正的富有是一种知足的生活态度，有钱而不知足的人并不是富有，能安于生活的人才是富有。

于是，我们看到了，现代人住在三十坪①的房子，觉得要五十坪才够。有汽车开了，还追求百万的名车。吃得饱穿得暖，还要追逐声色。到最后，还要一个有排场的葬礼和一块山明水秀的墓地。

于是，我们夜里在庭院聊天的生活没有了，我们在田园里散步的兴致没有了，我们和家人安静相聚的时间没有了，我们坐下来省思的时间没有了。到最后，连生命里的一点平安都没有了。

从前在农村社会，年纪大的人都可以享受一段安静的岁月，让生命得到安顿。现在的老年人，非但不知道黄金在树上，反而自己投身于水中金影的捕捞了，我们看到了全身瘫痪还不肯退休的人，看到了更改年龄以避免退休的人，看到了七八十岁还抓紧权力、名位不肯轻放的人！老人不能把静思的智慧留给世界，还跳入水里抓金，这是现代社会里一种令人悲哀的局面。

我常常想，这个世界的人，钱越多越是赚个不停，人越老越是忙个不停，我真不知道，大家是不是有时间来善用所赚的钱，是不是肯停下来想想老的意义。

停下脚步，让扰动的池水得以清净吧！

抬头看看，让树上的真金显现面目吧！

---

① 坪：港台地区对房屋面积的计量单位。1 坪约合 3.3 平方米。——编者注

清欢

一个人以浊为欢的时候，就很难体会到生命清明的滋味，而在欢乐已尽，浊心再起的时候，人间就愈来愈无味了。

少年时代读到苏轼的一阕词，非常喜欢，到现在还能背诵：

细雨斜风作晓寒，淡烟疏柳媚晴滩。入淮清洛渐漫漫。
雪沫乳花浮午盏，蓼茸蒿笋试春盘。人间有味是清欢。

这阕词，苏轼在旁边写着"元丰七年十二月二十四日，从泗州刘倩叔游南山"，原来是苏轼和朋友到郊外去玩，在南山里喝了浮着雪沫乳花的淡茶，配着春日山野里的蓼菜、茼蒿、新笋，以及野草的嫩芽等，然后自己赞叹着："人间有味是清欢！"

当时之所以能深记这阕词，最主要的是爱极了后面这一句，因为试吃野菜的这种平凡的清欢，才使人间更有滋味。"清欢"是什么呢？清欢几乎是难以翻译的，可以说是"清淡的欢愉"。这种清淡的欢愉不是来自别处，正是来自对平静、疏淡、简朴生活的一种热爱。当一个人可以品味出野菜的清香胜过了山珍海味，或者一个人在路边的石头里看出了比钻石更引人的滋味，或者一个人听林间鸟鸣的声音感受到比提笼遛鸟更感动，或者体会了静静品一壶乌龙茶比起在喧闹的晚宴中更能清洗心灵……这些就是"清欢"。

　　清欢之所以好，是因为它对生活的无求，是它不讲求物质的条件，只讲究心灵的品味。"清欢"的境界很高，它不同于李白的"人生在世不称意，明朝散发弄扁舟"那样的自我放逐；或者"人生得意须尽欢，莫使金樽空对月"那种尽情的欢乐。它也不同于杜甫的"人生有情泪沾臆，江水江花岂终极"这样悲痛的心事，或者"人生不相见，动如参与商；今夕复何夕，共此灯烛光"那种无奈的感叹。

　　我们活在这个世界上，有千百种人生。文天祥的是"人生自古谁无死，留取丹心照汗青"，我们很容易体会到他的壮怀激烈。欧阳修的是"人生自是有情痴，此恨不关风与月"，我们很能体会到他的绵绵情恨。纳兰性德的是"人到情多情转薄，而今真个不多情"，我们也不难会意到他无奈的哀伤。甚至于像王国维的"人生只似风前絮，欢也零星，悲也零星，都作连江点点萍"，那种对人生无常所发出的刻骨的感触，也依然能够知悉。

　　可是"清欢"就难了！

尤其是生活在现代的人，差不多是没有清欢的。

什么样是清欢呢？我们想在路边好好地散个步，可是人声、车声不断地呼吼而过，一天里，几乎没有纯然安静的一刻。

我们到馆子里，想要吃一些清淡的小菜，几乎是杳不可得，过多的油、过多的酱、过多的盐和味精已经成为中国菜最大的特色，有时害怕了那样的油腻，特别嘱咐厨子白煮一个菜，菜端出来时让人吓一跳，因为菜上挤的沙拉酱比菜还多。

有时没有什么事，心情上只适合和朋友去啜一盅茶、饮一杯咖啡，可惜的是，心情也有了，朋友也有了，就是找不到地方，有茶有咖啡的地方总是嘈杂的。

俗世里没有清欢了，那么到山里去吧！到海边去吧！但是，山边和海湄也不纯净了，凡是人的足迹可以到的地方，就有了垃圾，就有了臭秽，就有了吵闹！

有几个地方我以前常去的，像阳明山的白云山庄，叫一壶兰花茶，俯望着台北盆地里堆叠着的高楼与人欲，自己饮着茶，可以品到茶中有清欢。像在北投和阳明山间的山路边有一个小湖，湖畔有小贩卖功夫茶，小小的茶几、藤制的躺椅，独自开车去，走过石板的小路，叫一壶茶，在躺椅上静静地靠着，有时湖中的荷花开了，真是惊艳一山的沉默。有一次和朋友去，两人在躺椅上静静喝茶，一下午竟说不到几句话，那时我想，这大概是"人间有味是清欢"了。

现在这两个地方也不能去了，去了只有伤心。湖里的不是荷花了，是漂荡着的汽水罐子，池畔也无法静静躺着，因为人比草多，石板也被踏损了。到假日的时候，走路都很难不和别人推挤，更别说坐下来喝口茶，如果运气更坏，会遇到呼啸而过的"飞车党"，还有带伴唱机来跳舞的青年，那时所有的感官全部电路走火，不要说清欢，连欢也不剩了。

要找清欢，就一日比一日更困难了。

当学生的时候，有一位朋友住在中和圆通寺的山下，我常常坐着颠簸的公交车去找她，两个人就沿着上山的石阶，漫无速度地走走、坐坐、停停、看看，那时圆通寺山道石阶的两旁，杂乱地长着朱槿花，我们一路走，顺手摘下一朵熟透的朱槿花，吸着花朵底部的花露，其甜如蜜，而清香胜蜜，轻轻地含着一朵花的滋味，心里遂有一种只有春天才会有的欢愉。

圆通寺是一座全由坚固的石头砌成的寺院，那些黑而坚强的石头坐在山里仿佛一座不朽的城堡，绿树掩映，清风徐徐，站在用石板铺成的前院里，看着正在生长的小市镇，那时的寺院是澄明而安静的，让人感觉走了那样高的山路，能在那平台上看着远方，就是人生里的清欢了。

后来，朋友嫁人，到国外去了。我去过一趟圆通寺，山道已经开辟出来，车子可以环山而上，小山路已经很少人走，就在寺院的门口摆着满满的摊贩，有一摊是儿童乘坐的机器马，叽哩咕噜的童歌震撼半山，有两摊是打香肠的摊子，烤烘香肠的白烟正往那古寺的大佛飘去，有一位母亲因为不准孩子吃香肠而揍打着两个孩子，激烈的哭声尖亢而急促……我连圆通寺的寺门都没有进去，就沉默地转身离开，山还是原来的山，寺还是原来的寺，为什么感觉完全不同了，失去了什么吗？失去的正是清欢。

下山时的心情是不堪的，想到星散的朋友，心情也不是悲伤，只是惆怅，浮起的是一阕词和一首诗。词是李煜的："高楼谁与上？长记秋晴望。往事已成空，还如一梦中！"诗是李觏的："人言落日是天涯，望极天涯不见家。已恨碧山相阻隔，碧山还被暮云遮！"那时正是黄昏，在都市烟尘蒙蔽了的落日中，真的看到了一种悲剧似的橙色。

我二十岁心情很坏的时候，就跑到青年公园对面的骑马场去骑马，那些马虽然因驯服而动作缓慢，却都年轻高大，有着光滑的毛色。双腿用力一夹，它也会如箭一般呼噜向前蹿去，急忙地风声就从两耳掠过。我最记得的是马跑的时候，迅速移动着的草的青色，青茸茸的，仿佛饱含生命的汁液。跑了几圈下来，一切恶的心情也就在风中、在绿草里、在马的呼啸中消散了。

尤其是冬日的早晨，勒着缰绳，马就立在当地，踢踏着长腿，鼻孔中冒着一缕缕的白气，那些气可以久久不散，当马的气息在空气中消弭的时候，人也好像得到某些舒放了。

骑完马，到青年公园去散步，走到成行的树荫下，冷而强悍的空气在林间流荡着，可以放纵地、深深地呼吸，品味着空气里所含的元素，那元素不是别的，正是清欢。

最近有一天，突然想到骑马，已经有十几年没骑了。到青年公园的骑马场时差一点吓昏，原来偌大的马场里已经没有一根草了，一根草也没有的马场大概只有台湾才有。马跑起来的时候，灰尘滚滚，弥漫在空气里的尽是令人窒息的黄土，蒙蔽了人的眼睛。

马也老了，毛色斑驳而失去光泽。

最可怕的是，不知道什么时候马场搭了一个塑料棚子，铺了水泥地，其丑无比，里面则摆满了机器的小马，让人骑用，其吵无比。为什么为了些微的小利，而牺牲了这个马场呢？

马会老是我知道的事，人会转变是我知道的事，而在有真马的地方放机器马，在马跑的地方没有一株草，则是我不能理解的事。

就在马场对面的青年公园，那里已经不能说是公园了，人比西门町还拥挤吵闹，空气比咖啡馆还坏，树也萎了，草也黄了，阳光也不灿烂了。我从公园穿越过去，想到少年时代的这个公园，心痛如绞，别说清欢了，简直像极了佛经所说的"五浊恶世"！

生在这个时代，为何"清欢"如此难觅？眼要清欢，找不到青山绿水；耳要清欢，找不到宁静和谐；鼻要清欢，找不到干净空气；舌要清欢，找不到蓼茸蒿笋；身要清欢，找不到清凉净土；意要清欢，找不到智慧明心。如果你要享受清欢，唯一的方法是守在自己小小的天地，洗涤自己的心灵，因为在我们拥有愈多的物质世界，我们的清淡的欢愉就日渐失去了。

现代人的欢乐，是到油烟爆起、卫生堪虑的啤酒屋去吃炒蟋蟀；是到黑天暗地、不见天日的卡拉OK去乱唱一气；是到乡村野店、胡乱搭成的土鸡山庄去豪饮一番；以及到狭小的房间里做方城之戏，永远重复着摸牌的一个动作……这些污浊的放逸的生活以为是欢乐，想起来毋宁是可悲的。为什么现代人不能过清欢的生活，反而以浊为欢，以清为苦呢？

一个人以浊为欢的时候，就很难体会到生命清明的滋味，而在欢乐已尽，浊心再起的时候，人间就愈来愈无味了。

这使我想起苏东坡的另一首诗来：

梨花淡白柳深青，

柳絮飞时花满城。

惆怅东栏一株雪，

人生看得几清明？

苏轼凭着东栏看着栏杆外的梨花，满城都飞着柳絮时，梨花也开了遍地，东栏的那株梨花却从深青的柳树间伸了出来，仿佛雪一样的清丽，有一种惆怅之美，但是人生看这么清明可喜的梨花能有几回呢？这正是千古风流人物的性情，这正是清朝大画家盛大士在《溪山卧游录》中说的："凡人多熟一分世故，即多一分机智。多一分机智，即少却一分高雅。""山中何所有？岭上多白云。只可自怡悦，不堪持赠君。自是第一流人物。"

第一流人物是什么人物？第一流人物是在清欢里也能体会人间有味的人物！第一流人物是在污浊滔滔的人间，也能找到清欢的滋味的人物！

一片茶叶

在一壶茶里，每一片茶叶都不重要，因为少了一片，
仍然是一壶茶。但是，每一片茶叶也都非常重要，因为
每一滴水的芬芳，都有每一片茶叶的生命本质。

抓一把茶叶丢在壶里，从壶口流出了金黄色的液体，喝茶的
时候我突然想到：这杯茶的每一滴水，是刚刚那一把茶叶中的每
一片所释放出来的。我们喝茶的人，从来不会去分辨每一片茶叶，
因此常常忘记一壶茶是由一片一片的茶叶所组成。

在一壶茶里，每一片茶叶都不重要，因为少了一片，仍然是
一壶茶。但是，每一片茶叶也都非常重要，因为每一滴水的芬芳，
都有每一片茶叶的生命本质。

布施不也是如此吗？

布施，犹如加一片茶叶到一大壶茶里，少了我的这一片，看
似不影响茶的味道；其实不然，丢进我的这一片，整壶茶都有了

我的芳香。虽然我能施的很小，也会充满每一滴水。

布施，我们应以茶叶为师，最上好的茶叶，五六斤茶青才能制成一斤茶，而每一片茶都是泡在壶里才能还原、才能温润、才有作为茶叶的生命意义；我们也是一样，要经过许多岁月的刷洗才锻炼我们的芬芳，而且只有在奉献时，我们才有了人的温润，有了生命的意义。

一片茶叶丢到壶里就被遗忘了，喝的人在欢喜一壶茶时并不会赞叹单独的一片茶叶。一片茶叶是不求世间名誉的，这就是以清净心布施，不求功德、不求福报，只是尽心尽意贡献自己的芳香。

一壶好茶，是每一片茶叶共同创造的净土。

正如《维摩经》说："布施，是菩萨净土。"

欲行布施，先学习在社会这壶茶里，做一片茶叶！

说珍惜世界，先珍惜每一片茶叶吧！

这样想时，喝茶的时候就特别能品味其中的清香。

珍惜一枝稻草

　　真正通向富足的道路，不是财货的堆积，也不是名利的追求，而是珍惜我们所遇到的每一件东西、每一个人，处处为人着想，布施给别人。

　　有一位很想成为富翁的青年，到处旅行流浪，辛苦地寻找着成为富翁的方法。几年过去了，他不但没有变成富翁，反而成为衣衫破烂的流浪汉。

　　最后，他想起了寺庙里的观世音菩萨。他知道菩萨无所不能、救苦救难，就跑到庙里，向观世音菩萨祈愿，请求菩萨教他成为富翁的方法。

　　观世音菩萨被他的虔诚感动了，就教他说："要成为富翁很简单，你从这寺庙出去以后，要珍惜你遇到的每一件东西、每一个人。并且为你遇见的人着想，布施给他。这样，你很快就会成为富翁了。"

青年听了，心想这方法真简单，高兴得不得了，就告别菩萨，手舞足蹈地走出庙门，一不小心竟踢到石头绊倒在地上。当他爬起来的时候，发现手里粘了一枝稻草，正想随手把稻草去掉，猛然想起了观世音菩萨的话，便小心翼翼地拿着稻草向前走。

　　路上迎面飞来一只蜜蜂，他想起菩萨的话，就把蜜蜂绑在稻草上，继续往前走。

　　突然，他听见了小孩子号啕大哭的声音，走上前去，看见一位衣着华丽的妇人抱着正大哭大闹的小孩子，怎么哄骗也不能使他停止哭泣。当小孩看见青年手上绑着蜜蜂的稻草时，立即好奇地停止了哭泣。那人想起菩萨的话，就把稻草送给孩子，孩子高兴得笑起来。妇人非常感激，送给他三个橘子。

　　他拿着橘子继续上路，走了不久，看见一个布商蹲在地上喘气。他想起菩萨的话，走上前去问道："你为什么蹲在这里，有什么我可以帮忙的吗？"布商说："我口渴呀！渴得连一步都走不动了。"

　　"那么，这些橘子送给你解渴吧！"他把三个橘子全部送给布商。布商吃了橘子，精神立刻振作起来。为了答谢他，布商送给他一匹上好的绸缎。

　　青年拿着绸缎往前走，看到一匹马病倒在地上，骑马的人正在那里一筹莫展。他就征求马主人的同意，用那匹上好的绸缎换了那匹病马，马主人非常高兴地答应了。

　　他跑到小河去提一桶水来给那匹马喝，细心地照顾它，没想到才一会儿，马就好起来了。原来马是因为太口渴才倒在路上。

青年继续骑马前进，正经过一家大宅院前面时，突然跑出来一个老人拦住他，向他请求："你这匹马，可不可以借我呢？"

　　他想起观世音菩萨的话，就从马上跳下来，说："好，就借给你吧！"

　　那老人说："我是这大屋子的主人，现在我有紧急的事要出远门。这样好了，等我回来还马时再重重地答谢你；如果我没有回来，这宅院和土地就送给你好了。你暂时住在这里，等我回来吧！"说完，就匆匆忙忙骑马走了。

　　青年在那座大庄院住了下来，等老人回来，没想到老人一去不回，他就成为庄院的主人，过着富裕的生活。这时他才悟到："呀！我找了许多年成为富翁的方法，原来这样简单！"

　　这是一个日本童话，它有深刻的启示意义。生活在这世界上的大部分人，就像故事中的青年，都想成为富有的人，一般人想到有钱就会富有，层次高一点的人除了钱，希望精神上也能富有。

　　什么样的人才算富有呢？富有的标准不是财货的多寡，而是以能不能布施给别人来衡量的。能给出去的人才算富有，只能私藏为己用的人，即使家财万贯，也算是贫穷的人！

　　什么样的人才能布施呢？简单地说，就是"惜缘"的人。因为能珍惜每一个因缘，甚至不弃绝和我们擦身而过的人，才使我们能布施而没有一点遗憾，有遗憾就不能说是富有。

　　因此，真正通向富足的道路，不是财货的堆积，也不是名利的追求，而是珍惜我们所遇到的每一件东西、每一个人，处处为人着想，布施给别人。

　　台湾有两句俗语，一句是"一枝草，一点露"，说明了人的福分是有限的，上天雨露均沾，强求也没有用。还有一句是"草仔枝也会绊倒人"，就是不要轻视小草，小草也能让我们跌伤的。反过来说，一枝草的因缘何尝不能帮助我们呢？

　　致富之道无它，惜缘、布施而已。惜缘使我们无憾，布施使我们成为真正富有的人。

心里的水银

　　一个人面对外面的世界时，需要的是窗子；一个人面对自我时，需要的是镜子。面对外面用窗才能看见世界的明亮，面对自我用镜子才能看见自己的污点。

　　有一个人搬进新房子，一直因为自己的书房太小而苦恼不已，后来他想出一个方法，就是在书房四周镶上镜子。

　　初开始的时候，果然觉得书房大了不少，过了一段时间，书房又一天天地小起来。他每天在书房里苦思答案，事实上书房的空间并没有增加也未减少，为什么从前感觉小，装镜子感觉大，现在又感觉小了呢？

　　这种对书房奇特的感受，竟使他无法安心工作，加上每一转身就看见镜中的自己，日久月深，使他连转身都感到困难了，到最后视进书房为畏途。

　　有一天，他遇到一位有智慧的禅师，请师父去看他的书房，师父看了后说："你的书房四周都是镜子，每天只看到自己，没有看到别的事物，感觉当然小了。你抬头看看世界，少顾盼自己，书房一定会大起来，你何不把镜子里的水银拿掉呢？"

那人听了若有所悟，把书房临街的两边打掉，装了两扇落地窗，书房果然整个开阔起来，他每天都站在落地窗前，看外面的景象与人、车，到后来他把落地窗前的观赏视为书房唯一的乐趣，竟无法安心坐在书桌前沉思和读书了。他又重新陷入苦恼，最后还是去找禅师。

他说："师父，您叫我开了窗，书房是大了，但是我现在每天都坐在窗前，不能安心工作了，到底怎么办？"

禅师说："你何不给心里装上水银呢？"

他茫然地看着禅师。

禅师说："一个人面对外面的世界时，需要的是窗子；一个人面对自我时，需要的是镜子。面对外面用窗才能看见世界的明亮，面对自我用镜子才能看见自己的污点。其实，窗或镜子并不重要，重要的是你的心，你的心广大，书房就大了；你的心明亮，世界就明亮了；你的心如窗，就看见世界；你的心如镜，就观照了自我。"

他又说："那，我应该怎样办呢？"

禅师笑一笑，站起来把窗关上，说："有了窗，可以开，也可以关；有了镜子，可以照，也可以不照。"

记得我在读小学时，教室前面有一面比人还高的镜子，上面写着"明心见性"四个大字。那面镜子是用来惩罚犯错的同学，我和同学都很怕去照那面镜子，因为往往一照就是一个小时，一个小时只照自己的脸，真让人想念外面的世界，那时我就想：这如果是一扇窗，不知道有多好？

可惜那不是一扇窗，而我们照了半天镜子也没有明心见性，那是由于照镜子时我们想着外面的世界，而看窗的时候我们又迷失了自己。

水银与玻璃的关系真是奇妙，有了它，我们看到自己，没有它，我们看见世界，如何在用不用水银时善于选择，就可以让我们和世界维持和谐圆满，又不失去自在自我。所以善用我们心的水银吧！让它应该流动时流动，宜于静止时静止。

可叹的是，生活在现代社会的人，不要说善用水银与玻璃的关系，有很多人从没有打开心里的窗和照过心中之镜。我们在餐厅、浴室、电梯都装满镜子，却很少有人用心反观自己，在每一幢大楼都装了满满的窗，也很少有人清楚地观照世界。我们建造了玻璃与水银的围墙，心窗心镜反而失落了。

比景泰蓝更蓝

原来，所有美的感受都要穿过心灵，愈陈愈香、愈久愈醇，就好像海岸和溪边的卵石，一切杂质都已流去，只剩下最坚实、纯净、浑圆的石心。

近几年，我年年都到花莲去，有时一年去好几趟，通常是坐飞机，偶尔坐火车，竟有十二年时间没有走过苏花公路了。

前些日子，应朋友之邀到花莲去，搭车走苏花公路。车子沿着高耸的崖岸前行，时而开阔无比，时而险峻异常，时而绿树如缎，时而白云似练。我心里生起一种感动，仿佛太平洋的波涛，一波一波从海边泛起来。

难道苏花公路比我从前来的时候更美了吗？我心里觉得疑惑。

学生时代，我也几乎每年到苏花公路去。当时一方面是热爱东部雄峻高昂的山水，一方面则是热心于社会服务，常随着学校的社会服务团到南澳、东澳的山地部落去做服务工作，每次都走苏花公路。二十年前的苏花公路比现在狭小，许多地方是单线通车，因此走走停停，觉得路途特别遥远。那个时候没有空调车，山风狂乱、尘土飞扬，车内燥热、百味杂陈，当地居民时常提着鸡鸭上车，每回到了目的地都是灰头土脸的。

有一次，独自在苏花公路一带自助旅行，每到一站就住两三天。二十年前的旅游业不发达，几乎找不到像样的饭店，连普通的旅舍也难找，只有一种用木板铺成的"通铺"，专供到深山采药、采兰花，或走江湖卖艺唱戏的人居住。我就住在那些地方，每天十元。夜里，飞蛾、蟋蟀在屋内飞动，壁虎、蟑螂横行于壁间，墙壁上全是蚊虫、跳蚤、虱子被打死留下的血迹。

一夜，我到了南澳，已经夜深，投宿于这种平民客栈，睡前找不到漱洗的地方。老板娘说："呀！后面有个池塘，我们的客人都在那里洗澡！"我走到屋后，果然有个池塘，在树林之间，星月映照在池水上。我满心欢喜地在池边刷牙、洗澡，觉得池水清凉甘美，又喝了几口，才回通铺睡觉。

第二天黎明醒来，再走到池边，大吃一惊，原来池水是乌黑的，池上漂满腐叶，甚至还有虫、蝶、金龟子的尸体。这使我感觉到，人的感受是不实的，昨夜那种美的印象完全破灭了。

旅行的环境是如此简陋，但每天一走到屋外，进入溪谷、林间、海滨，我就知道一切是多么值得，只要能走入那么美的风景中，就是睡在地上也是甘之如饴的。

溪清、林茂、海蓝、云白，满山的野百合和月桃花，有时光是坐着放松，就会感动得心潮起伏。

这美丽之岛，这无可取代的土地呀！

二十年前，车稀路窄，一到夜晚，苏花公路就沉寂了，独自在大街上散步，觉得身心了无挂碍，胸怀澄澈如水。一直到现在，我都还深深地记得远处的涛声，以及在山路间流动的夜来香的气味。

关于苏花公路的记忆是我少年时代最美的记忆，噶玛兰的橄榄树、泰雅族的聚落、蓝腹鹇的歌声、南寺的晨钟暮鼓，光是想着就要微酣了。

那个时候所强烈感受到的美，未曾经过岁月的沉淀，没有感情的蒸馏，未经流水的冲刷，依然是粗糙的。这一次坐在空调车中，细细回想从前所走过的路，窗外无声，云飞影移，觉得眼前的景色更美，在美中有一种清明，是穿过了爱恨，提升了热情所得到的清明。

原来，所有美的感受都要穿过心灵，愈陈愈香、愈久愈醇，就好像海岸和溪边的卵石，一切杂质都已流去，只剩下最坚实、纯净、浑圆的石心。我对朋友说："住在台湾的人，如果每隔一段时间就走一趟苏花公路，人生也就无憾了。"确实，我们走遍世界，才会发现最美的人间景致，就在我们身边！

几个晚上，我都住在亚士都饭店。亚士都算是花莲的老饭店了，简朴有风味，还像以前一样，我站在阳台面海的方向，可以看见明亮的天星，偶有流动的萤火虫，空气里青草伴着海风，带着槟榔花那极浓郁特殊的香味。我独自沿着海滨公园散步，秋季海上的风起了，一阵强过一阵，椰子树也摇出抽象的舞姿。东部的天空即使是夜晚，也如景泰蓝那样深蓝，白云依稀可辨，风一起，云好像听见了起跑的枪声，全往更深的山谷奔驰而去。

如果有点音乐就更好了，我想着。

海像是听见我的念头，开始更用力地演奏着涛声，一遍一遍，永不歇止。人与海涛在寂寞中相遇，便是最好的音乐。

少年的歌声也随海涛汹涌着，我想起，我曾在东澳的山路上采了一束月桃花，送给一位美丽的少女，月桃花依旧盛放，少女的神采则早已在云端上了。

如果，如果，再下点微雨，就更好了！

作家的幸福

这三种深刻的幸福，使我能不懈地创作，希望不仅自己有正能量，也能为读者提供正能量，使读者在崎岖的人生路上，有欢喜的心去生活、去闯荡。

今年夏天，高考山东卷用我的文章《无风絮自飞》当作文考题，意外地引发了热烈的讨论。这使我想起，二〇〇六年，我的文章《阳光的味道》被作为全国卷的高考题，也一样引起了热烈的讨论。

朋友总叫我也发表一点意见，谈谈对自己的文章被延引的感想。

我也总是说："感谢命题的老师用我的文章当考题，但就像种菜的农夫只想种出最好吃、最有营养的菜，至于被煮成了什么菜肴，吃的人有什么评价，种菜的人是无能为力的。"

不只是高考，中考更多。广东有一位资深的高中教师，曾寄给我一些中考的试卷，说："每年全国的中考试题，林老师的文章最少会出现一百次。"

这使我感到惶恐和汗颜，因为我写文章时从未想到考试，没想到最后竟影响了学生的升学。何况，好的阅读应该是怀着轻松、喜乐、无为的心情的，如果时时记挂分数，又怎能欣赏美好的创作呢？

作品成为考试的试题，我的心情是很复杂的，使我想到长达四十五年的写作生涯。

有人问我：当一位作家，最辛苦又最幸福的是什么？

最辛苦的是走向了一个孤独的旅程，人生不论欢喜或苦痛，都是自己在孤灯下完成。纵使有人分享，也是很长时日以后的事，不像歌者在舞台上唱歌，立刻能得到欣赏和掌声。

因为孤独，所以要鼓舞自己的热情，要坚持自己的意志，要怀抱自己的理想。

我想起，青年时代，曾在一家杂志社写了一年的专栏，年终的时候，老板送给我两本稿纸，说："我们的杂志一直在赔钱，所以没有钱付给你！"第二年，我继续给他们写专栏。这样的热情与坚持，现在很少有作家做得到，能努力超过四十年的，就更少了。

幸好，作家不是只有辛苦，还有很深的幸福。

作家为了什么幸福而努力呢？

首先，是不断地寻找思想的更高境界。就像爬山一样，从山谷到山腰，再从山腰到山顶，每一阶段的体悟与风景都是不同的。一般人的思想锻炼都是到学校毕业就结束了，作家不同，他可以一直向上攀登，直上高峰。

——这正是禅说的"高高山顶立"。

其次，作家的幸福来自不断探索心灵更深的可能。特别是散文作家，因为写作，必须每天面对、整理、回观自己的心，一点一点地深入，如实地看见自己的心。由于每天静视自心，所以能自反而缩，一往无悔，在众声寂寂之时，维持自己的高音；在众声喧哗之时，还努力唱出清明之音。

——这正是禅说的"深深海底行"。

作家的第三种幸福，是能与有缘的人分享人生。

我有许多作品被收入小学的语文课本，像《和时间赛跑》《桃花心木》《鞋匠的儿子》《心田上的百合花开》……收入中学课本的就更多了，像《生命的化妆》《梅香》《清净之莲》……二十年来，读过我文章的孩子何止亿万？这些作品，有些是三十年前写的，有些是一二十年前写的，现在却能和无数的人分享，长夜思及，每每令我感动不已！这世界上还有什么工作，会比作家幸福呢？

——这正是诗人所言"千载后，百篇存，更无一字不清真"。

这三种深刻的幸福，使我能不懈地创作，希望不仅自己有正能量，也能为读者提供正能量，使读者在崎岖的人生路上，有欢喜的心去生活、去闯荡。

二〇一五年冬天

第四部分

缘随愿而生

　　我的哲学是，如果要交这个朋友，就要包容一切的缺点。这样，才不会互相折磨、相互受伤。

一生一会

在广大的时空中，在不可思议的因缘里，与有缘的人相会，都是一生一会的。如果有了最深刻的珍惜，纵使会者必离，当门相送，也可以稍减遗憾了。

我喜欢茶道里关于"一生一会"的说法。意思是说，我们每次与朋友对坐喝茶，都应该非常珍惜。因为一生里这样的喝茶可能只有这一回，一旦过了，就再也不可得了。

一生只有这一次聚会，使我们在喝茶的时候，会沉入一种疼惜与深刻，不至于错失那最美好的因缘。

生命虽然无常，但并不至于太短暂。与好朋友也可能会常常对坐喝茶，但是每一次喝茶都是仅有的一次，每一次相会都和过去、未来的任何一次不同。

"有时，人的一生只为了某一个特别的相会。"这是我喜欢写了送给朋友的句子。

与喜欢的人相会，总是这样短暂，可是为了这样短暂的相会，我们已经走过人生的漫漫长途，遭受过数不清的雪雨风霜。好不容易，熬到在这样的寒夜里，和知心的朋友深情相会。仔细思索起来，从前走过的那些路途，不都是为了这短短的相会做准备吗？

　　这深情的一会，是从前几十年的总成。这相会的一笑，是从前一切悲心的大草原上开出的最美的花。这至深的无言，是从前有意义或无意义的语言之河累积成的一朵洁白的浪花。这眼前的一杯茶，请品尝，因为天地化育的茶树，就是为这一杯而孕生的呀！

　　我常常在和朋友喝茶的时候，心里便有了无边的想象，然后我总是试图把朋友的面容一一收入我记忆的宝盒，希望把他们的言语、眼神、微笑全部典藏起来，生怕在曲终人散之后，再也不会有相同的一会。

　　"一生一会"的说法是有点幽凄的，然而在幽凄中有深沉的美，使我们对每一杯茶、每一个朋友，都愿意以美与爱来相托付、相赠与、相珍惜。

　　不只喝茶"一生一会"，在广大的时空中，在不可思议的因缘里，与有缘的人相会，都是一生一会的。如果有了最深刻的珍惜，纵使会者必离，当门相送，也可以稍减遗憾了。

世缘

　　如何在世缘中活得积极自在，简单地说就是珍惜每一个小小的缘，一条萝卜使一群青虫诞生，生出一群蛱蝶，飞向广大的天空，一个小的因缘有时正是这么广大的。

　　家里有一条因放置过久而缩皱了的萝卜，不能食用，弃之可惜，我找到一个美丽的陶盆试着种它，希望能挽救萝卜的生命。

　　没想到这看起来已完全失去生命力的萝卜，一接触了泥土与水的润泽，不但立即丰满起来，并在很短的时间里抽出了翠绿的嫩芽。接下来的日子，我仿佛看着一个传奇，萝卜的嫩绿转成青苍，向四周辐射长长的叶子，覆满了整个陶盆，看见的人没有不盛赞它的美丽。

　　二十几天以后，从叶片的中心竟抽出花蕊，开出一束束淡蓝色的小花，形状就像田野间的油菜花。我虽然生长在乡下，从前却没有仔细看过萝卜开花，这一次总算开了眼界，才知道萝卜花原来是非凡的，带着一种清雅之美。尤其是从一条曾经濒临死亡的萝卜里开出，更让人觉得它带着不屈的尊贵。

当我正为盛开了蓝色花束的萝卜盆栽欢喜的时候，有一天到阳台浇花，发现萝卜的花与叶子全不见了，只留下孤伶伶的叶梗，叶梗上爬满青色的毛虫，原来就在一夕之间，这些青虫把整株萝卜都啃光了，由于没有食物，每一只青虫都不安地扭动着、探寻着。

这个景象使我有一点懊恼和吃惊，在这么高的楼房阳台，青虫是怎么来的呢？青虫无疑是蛱蝶的幼虫，那么，是蛱蝶的卵原来就藏在泥土中孵化出来？或者是有一只路过的蝶把卵下在萝卜的盆子里呢？为什么无巧不巧选择开花的时候诞生呢？

我找不到任何答案，不过我知道，如果我不供应食物给这一群幼小的青虫，它们一定会很快死亡，虽然我为萝卜的惨状遗憾，似乎也没有别的选择了。

每天，我的第一件事就是摘几片菜叶去喂青虫，并且观察它们，这时我发现青虫终日只做一件事，就是吃、吃、吃，它们毫不停止地吃着菜叶，那样专心一志，有时一整天都不抬头。那样没命地吃，使它们以相等的速度长大和排泄，我每天都可以看出它们比前一天长大，或下午看起来就比早晨大了一些。而且在短短几天内，它们排出的青色粒状粪便，把花盆全盖满了。

丑怪而贪婪的青虫，很快就长成两寸长的大虫了，肥满得像要满出汁液，这时它们不再吃了，纷纷沿着围墙爬行，寻找适当的地点把自己肥胖的身体挂在墙上，吐出一截短丝黏住墙，然后进入生命的冥想，就不再移动。

第一天,青虫的头部蜕成菱形的硬壳,只剩下尾巴在扭来扭去。

第二天,连尾巴也硬了,不再扭动,风来的时候,它挂在墙上摇来摇去。

第三天,它的身体从绿色转成褐色,然后颜色一直加深。

一星期后,青虫从蛹中咬破自己的硬壳,从壳中爬出,它的两翼原是潮湿的、软弱的,但它站在那里等待,只是一炷香的时间,它的翼干了、坚强了,这时,它一点也不犹豫,扑向空中、飞腾而去。

呀!那蝴蝶初飞的一刹那,有一种说不出的动人之美,它会飞到有花的地方,借着花蜜生活,然后把卵下在某一株花上。我想,看到这一群美丽的蝴蝶,在春天的阳光花园中上下翻飞,任谁也难以想象,就在不到一个月前,它们是丑怪而贪婪的青虫,曾在一夜间摧毁一棵好不容易才恢复生机的萝卜。

现在,青虫的蛹壳还不规则、成群地挂在墙上,风来的时候仍摇动着,但这整个过程就像梦一样,萝卜真的死去了,蛱蝶也全数飞去了。世缘何尝不如此,死的死,飞的飞,到最后只留下一点点启示,一些些观察,人生因缘之流转,缘起缘灭真是不可思议。

如何在世缘中活得积极自在,简单地说就是珍惜每一个小小的缘,一条萝卜使一群青虫诞生,生出一群蛱蝶,飞向广大的天空,一个小的因缘有时正是这么广大的。

今早,我看到萝卜死去的中间又抽出芽来,心里第一个生起的念头是:会不会再有一只蝴蝶飞来呢?

生活的回香

我曾经走入盛开着小黄花的茴香田里，对着那漫天飞舞的黄花绿叶，深深地呼吸，妄图把茴香的香气储存在胸臆。

朋友来接我到基隆演讲，由于演讲时间定在下午一点，我们都来不及吃饭。

"我们到极乐寺吃饭吧。寺庙的饭菜最好吃、最卫生，师父也最亲切。"朋友说。我说："这样不好意思吧。"

朋友说："不会，不会，我在极乐寺做义工很多年了，与师父们很熟。只要寺里的师父有事叫我，我都义不容辞，偶尔去叨扰一顿斋饭，不要紧的。何况帮我们开车的师兄也是寺里的长期义工呢。"

于是，朋友用电话通知寺里的知客师：我们一共有三人，大约二十分钟后到极乐寺，请师父准备素斋一席。

等我们到了极乐寺，热腾腾七道菜的素菜已经准备好了。我们没什么客套，坐下就吃。

佛光山派下寺院的素菜好吃是远近驰名的，因为星云大师对素菜很内行，典座师父也是个个巧手慧心。但是今天有一道菜还是令我大感意外，就是师父炒了一大盘茴香。

茴香是我在南部家乡常吃的菜，在我们乡下称之为"客家人的芫荽"，因为客家人喜以茴香做菜。自从到台北，我就再也没吃过茴香了，如今见到茴香的样子，闻到茴香的气味，竟有说不出的感动。

一般人都知道茴香的籽可以做香料、做卤味，却很少人知道茴香的叶子做菜，是人间至极的美味。茴香是多年生草本植物，可以长到与人等高。它的叶片巨大，散开呈丝状，就仿佛是空中爆开的烟火。

茴香从根、茎、叶、花到籽都有浓烈的香气，食用的时候采其嫩叶，或炒，或做汤，或蘸面粉油炸成饼，吃过都会令人永不能忘。

在寺庙吃饭，不适合交谈，因此我独自细细品味茴香的滋味，好像回到了童年。每当母亲炒茴香的时候，茴香的香气就会从灶间飘过厅堂，飞过庭院，飞进我们写字的北边厢房。

童年的时光不再，茴香的气息也逐渐淡了，万万想不到在极乐寺偶然的午斋，还能吃到淡忘的童年之味。我曾经走入盛开着小黄花的茴香田里，对着那漫天飞舞的黄花绿叶，深深地呼吸，妄图把茴香的香气储存在胸臆。此刻，那储藏的香气整片被唤醒了。

生活不也是如此吗？我们所经历过的美好事物，其实都是永不失去的，只是被卷存典藏着，一旦打开了，就会在记忆中回香，从遥远不可知的角落飘回来。我们生命里，早就种了许多"回香树"，等待因缘的摘取吧。我们没什么客套，吃完对师父合十致谢，就走了。

知客师父送我们到前廊，合掌道别说："以后有什么需要，尽管到寺里来。"

在奔赴演讲场地的路上，我的心有被熨平的感觉，不只是寺里的茴香菜产生的作用，那样清澈的人与人之间的情谊更使我动容。

其实，处处都有"回香树"。

怀君与怀珠

　　我感觉怀抱着怀念生活的人，有时候像白马走入了
芦花的林子，是白茫茫的一片；有时候又像银碗里盛着
新落的雪片，里外都晶莹剔透。

　　在清冷的秋天夜里，我穿过山中的麻竹林，偶尔抬头看见了
金黄色的星星，一首韦应物的短诗从我的心头流过：

　　　　怀君属秋夜，
　　　　散步咏凉天。
　　　　空山松子落，
　　　　幽人应未眠。

　　我很为这瞬间浮起的诗句而感到一丝震动，因为我到竹林，
并不是为了散步，而是到一间寺院的后山玩，不觉间天色就晚了（秋

天的夜有时来得出奇的早），我就赶着回家的路，步履是有点匆忙的。并且，四周也没有幽静到能听见松子的落声，根本是没有一株松树的，耳朵里所听见的是秋风飒飒的竹叶（夜里有风的竹林还不断发出咿咿歪歪的声音），为什么这一首诗会这样自然地从心田里开了出来？

也许是我走得太急切了，心境突然陷于空茫，少年时期特别钟爱的诗就映现出来了。

我想起了上一次这首诗流出心田的时空，那是前年秋天我到金门去，夜里住在招待所里，庭院外种了许多松树，金门的松树到秋冬之际会结出许多硕大的松子。那一天，我洗了热乎乎的澡，正坐在窗前擦拭湿了的发，忽然听见院子里传来哔哔剥剥的声音，我披衣走到庭中，发现原来是松子落地的声音，"呀！原来松子落下的声音是如此的巨大！"我心里轻轻地惊叹着。

捡起了松子捧在手上，韦应物的诗就跑出来了。

于是，我真的在院子里独自地散步，虽然不在空山，却想起了从前的、远方的朋友，那些朋友有许多已经多年不见了，有一些也失去了消息，可是在那一刻仿佛全在时光里会聚。一张张脸孔，清晰而明亮。我的少年时代是极平凡的，几乎没有什么可歌可泣的事迹，但是在静夜里想到曾经一起成长的朋友，却觉得生活是可歌可泣的。

我们在人生里，随着岁月的流逝而感觉到自己的成长（其实是一种老去），会发现每一个阶段都拥有了不同的朋友，友谊虽不至于散失，聚散却随因缘流转，常常转到我们一回首感到惊心的地步。比较可悲的是，那些特别相知的朋友往往远在天际，泛泛之交却在眼前，因此，生活里经常令我们陷入一种人生寂寥的境地。"会者必离"，"当门相送"，真能令人感受到朋友的可贵，朋友不在身边的时候，感觉到能相与共话的，只有手里的松子，或者只有林中正在落下的松子！

在金门散步的秋夜，我还想到《菜根谭》里的几句话："风来疏竹，风过而竹不留声；雁渡寒潭，雁去而潭不留影。故君子事来而心始现，事去而心随空。"朋友的相聚，情侣的和合，有时心境正是如此，好像风吹过了竹林，互相有了声音的震颤，又仿佛雁子飞过静止的潭面，互相有了影子的照映，但是当风吹过，雁子飞离，声音与影子并不会留下来。可惜我们做不到那么清明一如君子，可以"事来而心始现，事去而心随空"，却留下了满怀的惆怅、思念与惘然。

平凡人总有平凡人的悲哀，这种悲哀乃是寸缕缠绵，在撕裂的地方、分离的处所，留下了丝丝的穗子。不过，平凡人也有平凡人的欢喜，这种欢喜是能感受到风的声音与雁的影子，在吹过飞离之后，还能记住一些锥心的怀念与无声的誓言。悲哀有如橄榄，甘甜后总有涩味；欢喜则如梅子，辛酸里总有回味。

那远去的记忆是自己，现在面对的还是自己，将来不得不生活的也是自己，为什么在自己里还有另一个自己呢？站在时空之流的我，是白马还是芦花？是银碗或者是雪呢？

我感觉怀抱着怀念生活的人，有时候像白马走入了芦花的林子，是白茫茫的一片；有时候又像银碗里盛着新落的雪片，里外都晶莹剔透。

在想起往事的时候，我常惭愧于做不到佛家的境界，能对境而心不起，我时常有的是，对于逝去的时空有一些残存的爱与留恋，那种心情是很难言说的，就好像我会珍惜不小心碰破口的茶杯，或者留下那些笔尖磨平的钢笔；明知道茶杯与钢笔都已经不能用了，也无法追回它们如新的样子。但因为这只茶杯曾在无数的冬夜里带来了清香和温暖，而那支钢笔则陪伴我度过许多思想的险峰，记录了许多过往的历史，我不舍得丢弃它们。

人也是一样，对那些曾经有恩于我的人，那些曾经爱过我的朋友，或者那些曾经在一次偶然的会面启发过我的人，甚至那些曾践踏我的情感，背弃我的友谊的人，我都有一种不忘的本能。有时不免会苦痛地想，把这一切都忘得干净吧！让我每天都有全新的自己！可是又觉得人生的一切如果都被我们忘却，包括一切的忧欢，那么生活里还有什么情趣呢？

我就不断地在这种自省之中，超越出来，又沦陷进去，好像在野地无人的草原放着风筝，风筝以竹骨隔成两半，一半写着生命的喜乐，一半写着生活的忧恼，手里拉着丝线，飞高则一起飞高，飘落就同时飘落，拉着线的手时松时紧，虽然渐行渐远，牵挂还是在手里。

但，在深处里的疼痛，还不是那些生命中一站一站的欢喜或悲愁，而是感觉在举世滔滔中，真正懂得情感，知道无私地付出的人，是愈来愈少见了。我走在竹林里听见飒飒的风声，心里却浮起"空山松子落，幽人应未眠"的句子正是这样的心情。

韦应物寄给朋友的这首诗，我感受最深的是"怀君"与"幽人"两词，怀君不只是思念，而有一种置之怀袖的情致，是温暖、明朗、平静的，当我们想起一位朋友，能感到有如怀袖般贴心，这才是"怀君"！而幽人呢？是清雅、温和、细腻的人，这样的朋友一生里遇不见几个，所以特别能令人在秋夜里动容。

朋友的情义是难以表明的，它在某些质地上比男女的爱情还要细致，若说爱情是彩陶，朋友则是白瓷，在黑暗中，白瓷能现出它那晶明的颜色，而在有光的时候，白瓷则有玉的温润，还有水晶的光泽。君不见在古董市场里，那些没有瑕疵的白瓷，是多么名贵呀！

当然，朋友总有人的缺点，我的哲学是，如果要交这个朋友，就要包容一切的缺点，这样，才不会互相折磨、相互受伤。

包容朋友就有如贝壳包容珍珠一样，珍珠虽然宝贵而明亮，但它是有可能使贝壳受伤的，贝壳要不受伤只有两个法子，一是把珍珠磨圆，呈现出其最温润光芒的一面；一面是使自己的血肉更柔软，才能包容那怀里外来的珍珠。前者是帮助朋友，使他成为"幽人"，后者是打开心胸，使自己常能"怀君"。

我们在混乱的世界希望能活得有味，并不在于能断除一切或善或恶的因缘，而要学习怀珠的贝壳，要有足够广大的胸怀来包容，还要有足够柔软的风格来承受！

但愿我们的父母、夫妻、儿女、伴侣、朋友都能成为我们怀中的明珠，甚至那些曾经见过一面的、偶尔擦身而过的、有缘无缘的人都能成为我怀中的明珠，在白日、在黑夜都能散放互相映照的光芒。

四随

　　这随喜，有一种非凡之美，它不是同情、不是悲悯，而是因众生喜而喜，就好像在连绵的阴雨之间让我们看见一道精灿的彩虹升起，不知道阴雨中有彩虹的人就不会有随喜的心情。

随喜

　　在通化街入夜以后，常常有一位乞者，从阴暗的街巷中冒出来。

　　乞者的双腿齐根而断，他用厚厚的包着棉布的手掌"走路"。他双手一撑，身子一顿就腾空而起，然后身体向一尺前的地方扑跌而去，用断腿处点地，挫了一下，双手再往前撑。

　　他一"走路"几乎是要惊动整条街的。

　　因为他在手腕的地方绑了一个小铝盆，那铝盆绑的位置太低了，他一"走路"，就打到地面咚咚作响，仿佛是在提醒过路的人，不要忘了把钱放在他的铝盆里面。

大部分人听到咚咚的铝盆声，俯身一望，看到时而浮起时而顿挫的身影，都会发出一声惊诧的叹息。但是，也是大部分的人，叹息一声，就抬头仿佛未曾看见什么的走过去了。只有极少极少的人，怀着一种悲悯的神情，给他很少的布施。

人们的冷漠和他的铝盆声一样令人惊诧！不过，如果我们再仔细看看通化夜市，就知道再悲惨的形影，人们已经见惯了。短短的通化街，就有好几个行动不便、肢体残缺的人在卖奖券，有一位点油灯弹月琴的老人盲妇，一位头大如斗、四肢萎缩瘫在木板上的孩子，一位软脚全身不停打摆的青年，一位口水像河流一般流淌的小女孩，还有好几位神志纷乱、来回穿梭、终夜胡言的人……这些景象，使人们因习惯了苦难而逐渐把慈悲盖在冷漠的一个角落。

那无腿的人是通化街里落难的乞者之一，不会引起特别的注意，因此他的铝盆常是空着的。他为了引起人们的注意，有时故意来回迅速地走动，一浮一顿，一顿一浮……有时候站在街边，听到那急促敲着地面的铝盆声，可以听见他心底多么悲切的渴盼。

他经常戴着一顶斗笠，灰黑的，有几茎草片翻卷了起来，我们站着往下看，永远看不见他脸上的表情，只能看到那有些破败的斗笠。

有一次，我带孩子逛通化夜市，忍不住多放了一些钱在那游动的铝盆里，无腿者停了下来，孩子突然对我说："爸爸，这没有脚的伯伯笑了，在说谢谢！"这时我才发现孩子站着的身高正与无腿的人一般高，想是看见他的表情了。无腿者听见孩子的话，抬起头来看我，我才看清他的脸粗黑，整个被风霜腌渍，厚而僵硬，是长久没有使用过表情的那种。后来，他的眼神和我的眼神相遇，我看见了这一直在夜色中被淹没的眼睛，透射出一种温暖的光芒，仿佛在对我说话。

在那一刻，我几乎能体会到他的心情，这种心情使我有着悲痛与温柔交错的酸楚。然后他的铝盆又响了起来，向街的那头响过去，我的胸腔就随他顿挫顿浮的身影而摇晃起来。

我呆立在街边，想着，在某一个层次上，我们都是无脚的人，如果没有人与人间的温暖与关爱，我们根本就没有力量走路，不管在任何时候任何地方，我们见到了令我们同情的人而行布施之时，我们等于在同情自己，同情我们生在这苦痛的人间，同情一切不能离苦的众生。倘若我们的布施使众生得一丝喜悦温暖之情，这布施不论多少就有了动人的质地，因为众生之喜就是我们之喜，所以佛教里把布施、供养称为"随喜"。

这随喜，有一种非凡之美，它不是同情、不是悲悯，而是因众生喜而喜，就好像在连绵的阴雨之间让我们看见一道精灿的彩虹升起，不知道阴雨中有彩虹的人就不会有随喜的心情。因为我们知道有彩虹，所以我们布施时应怀着感恩，不应稍有轻慢。

我想起经典上那伟大充满了庄严的维摩诘居士，在一个动人的聚会里，有人供养他一些精美无比的璎珞，他把璎珞分成两份，一份供养难胜如来佛，一份布施给聚会里最卑下的乞者，然后他用一种威仪无匹的声音说："若施主等心施一最下乞人，犹如如来福田之相，无所分别，等于大悲，不求果报，是则名曰具足法施。"

他甚至警策地说，那些在我们身旁一切来乞求的人，都是住于不可思议解脱菩萨境界的菩萨来示现的，他们是来考验我们的悲心与菩提心，使我们从世俗的沦落中超拔出来。我们若因乞求而布施来植福德，我们自己也只是个乞求的人，我们若看乞者也是菩萨，布施而怀恩，就更能使我们走出迷失的津渡。

我们布施时应怀着最深的感恩，感恩我们是布施者，而不是乞求的人；感恩那些秽陋残疾的人，使我们警醒，认清这是不完满的世界，我们也只是一个不完满的人。

"一切菩萨所修无量难行苦行，志求无上正等菩提，广大功德，我皆随喜。如是虚空界尽、众生界尽、众生烦恼尽，我此随喜无有穷尽。"

我想，怀着同情、怀着悲悯，甚至怀着苦痛、怀着鄙夷来正视那些需要关爱的人，那不是随喜，唯有怀着感恩与菩提，使我们清和柔软，才是真随喜。

随业

打开孩子的饼干盒子，在角落的地方看到一只蟑螂。

那蟑螂静静地伏在那里，一动也不动，我看着这只见到人不逃跑的蟑螂而感到惊诧的时候，突然看见蟑螂的前端裂了开来，探出一个纯白色的头与触须，接着，它用力挣扎着把身躯缓缓地蠕动出来，那么专心、那么努力，使我不敢惊动它，静静蹲下来观察它的举动。

这蟑螂显然是要从它破旧的躯壳中蜕变出来，它找到饼干盒的角落脱壳，一定认为这是绝对的安全之地，不想被我偶然发现，不知道它的心里有多么心焦。可是再心焦也没有用，它仍然要按照一定的程序，先把头伸出，把脚小心地一只只拔出来，一共花了大约半个小时的时间，蟑螂才完全从它的壳里走出来，那最后一刻真是美，是石破天惊的，有一种纵跃的姿势。我几乎可以听见它喘息的声音，它也并不立刻逃走，只是用它的触须小心翼翼地探着新的空气、新的环境。

新出壳的蟑螂引起我的叹息，它是纯白的几近于没有一丝杂质，它的身体有白玉一样半透明的精纯的光泽。这日常引起我们厌恨的蟑螂，如果我们把所有对蟑螂既有的观感全部摒除，我们可以说那蟑螂有着非凡的惊人之美，就如同是草地上新蜕出的翠绿的草蝉一样。

当我看到被它脱除的那污迹斑斑的旧壳，我觉得这初初钻出的白色小蟑螂也是干净的，对人没有一丝害处。对于这纯美干净的蟑螂，我们几乎难以下手去伤害它的生命。

后来，我养了那蟑螂一小段时间，眼见它从纯白变成灰色，再变成灰黑色，那是转瞬间的事了。随着蟑螂的成长，它慢慢地从安静的探触而成为鬼头鬼脑的样子，不安地在饼干盒里搔爬，一见到人或见到光，它就不安焦急地想要逃离那个盒子。

最后，我把它放走了，放走的那一天，它迅速从桌底穿过，往垃圾桶的方向遁去了。

接下来好几天，我每次看到德国种的小蟑螂，总是禁不住地想，到底这里面，哪一只是我曾看过它美丽的面目，被我养过的那只纯白的蟑螂呢？我无法分辨，也无须去分辨，因为在满地乱爬的蟑螂里，它们的长相都一样，它们的习气都一样，它们的命运也是非常类似的。

它们总是生活在阴暗的角落，害怕光明的照耀，它们或在阴沟、或在垃圾堆里度过它们平凡而肮脏的一生。假如它们跑到人的家里，等待它们的是克蟑、毒药、杀虫剂，还有利用它们的习性来诱捕它们的蟑螂屋，以及随时踩下的巨脚，擎空打击的拖鞋，使它们在一击之下尸骨无存。

这样想来，生为蟑螂是非常可悲而值得同情的，它们是真正的"流浪生死，随业浮沉"，这每一只蟑螂是从哪里来投生的呢？它们短暂的生死之后，又到哪里去流浪呢？它们随业力的流转到什么时候才会终结呢？为什么没有一只蟑螂能维持它初生时纯白、干净的美丽呢？

这无非都是业。

无非是一个不可知的背负。

我们拼命保护那些濒临绝种的美丽动物，那些动物还是绝种了。我们拼命创造各种方法来消灭蟑螂，蟑螂却从来没有减少，反而增加。

这也是业，美丽的消失是业，丑陋的增加是业，我们如何才能从业里超拔出来呢？从蟑螂，我们也看出了某种人生。

随顺

在和平西路与重庆南路交口的地方，每天都有卖玉兰花的人，不只在天气晴和的日子，他们出来卖玉兰花，有时是大风雨的日子，他们也来卖玉兰花。

卖玉兰花的人里，有两位中年妇女，一胖一瘦；有一位消瘦肤黑的男子，怀中抱着幼儿；有两个小小的女孩，一个十岁，一个八岁；偶尔，会有一位背有点弯的老先生和一位白发苍苍的老妇，也加入贩卖的阵容。

如果在一起卖的人多，他们就和谐地沿着罗斯福路、新生南路步行扩散，所以有时候沿着和平东西路走，会发现在复兴南路口、建国南路口、新生南路口、罗斯福路口、重庆南路口都是几张熟悉的脸孔。

卖花的不管是老人还是孩子，他们都非常和气，端着用湿布盖好以免玉兰枯萎的木盘子从面前走过，开车的人一摇手，他们绝不会有任何的嗔怒之意。如果把车窗摇下，他们会赶忙站到窗口，送进一缕香气来。在绿灯亮起的时候，他们就站在分界的安全岛上，耐心等候下一个红灯。

我自己就是交通专家所诅咒的那些姑息着卖玉兰花的人，不管是在什么样的路口，遇到任何卖玉兰花的人，我总是忘了交通安全的教训，买几串玉兰花，买到后来，竟认识了罗斯福路、重庆南路口几位卖玉兰花的人。

　　买玉兰花时，我不是在买那些清新怡人的花香，而是在买那生活里辛酸苦痛的气息。

　　每回看到卖花的人，站在烈日下默默拭汗，我就忆起我的童年时代为了几毛钱在烈日下卖支仔冰，在冷风里卖枣子糖的过去。在心里，我可以贴近他们心中的渴盼，虽然他们只是微笑着挨近车窗，但在心底，是多么希望，有人摇下车窗，买一串花。这关系着人间温情的一串花才卖十元，是多么便宜，但便宜的东西并不一定廉价，在空调车里坐着的人，能不能理解呢？

　　几个卖花的人告诉我，最常向他们买花的是出租车司机，大概是出租车司机最能理解辛劳奔波的生活是什么滋味，他们对街中卖花者遂有了最深刻的同情。其次是开小车子的人。最难卖的对象是开着豪华进口车，车窗是黑色的人，他们高贵的脸一看到玉兰花贩走近，就冷漠地别过头去。

　　有时候，人间的温暖和钱是没有关系的，我们在烈日焚烧的街头动了不忍之念，多花十元买一串花，有时在意义上胜过富者为了表演慈悲、微笑照相登上报纸的百万捐输。

　　不忍？

　　是的，我买玉兰花时就是不忍看人站在大太阳下讨生活，他们为了激起人的不忍，有时把婴儿也背了出来，有人批评他们把孩子背到街上讨取人的同情是不对的。可是我这样想：当妈妈出来卖玉兰花时，孩子要交给保姆或用人吗？当我们为烈日曝晒而心疼那个孩子，难道他的母亲不痛心吗？

遇到有孩子的，我们多买一串玉兰花吧！不要问什么理由。

我是这样深信：站在街头的这一群沉默卖花的人，他们如果有更好的事做，是绝对不会到街上来卖花的。

设身处地的为苦恼的人着想，平等地对待他们，这就是"随顺"，我们顺着人的苦难来满他们的愿，用更大的慈和的心情让他们不要在窗口空手离去，那不是说我们微薄的钱真能带给卖花的人什么利益，而是说我们因有这慈爱的随顺，使我们的心更澄澈、更柔软，洗涤了我们的污秽。

"一切众生而为树根，诸佛菩萨而为华果，以大悲水饶益众生，则能成就诸佛菩萨智慧华果。"

我买玉兰花的时候，感觉上，是买一瓣心香。

随缘

有一位朋友，她养了一条土狗，狗的左后脚因被车子辗过，成了瘸子。

朋友是在街边看到这条小狗的，那时小狗又脏又臭，在垃圾堆里捡拾食物，朋友是个慈悲的人，就把它捡了回来，按照北方习俗，名字越俗贱的孩子越容易养，朋友就把那条小狗正式命名为"小癞子"。

小癞子原是人见人恶的街狗，到朋友家以后就显露出它如金玉的一些美质。它原来是一条温柔、听话、干净、善解人意的小狗，只是因为生活在垃圾堆里，它的美丽一直未被发现吧。它的外表除了有一点土，其实也是不错的，它的癞，到后来反而是惹人喜爱的一个特点，因为它不像平凡的狗乱纵乱跳，倒像一个温驯的孩子，总是优雅地跟随它美丽的女主人散步。

朋友对待小癞子也像对待孩子一般，爱护有加，由于她对一条癞狗的疼爱，在街间中的孩子都唤她"小癞子的妈妈"。

小癞子的妈妈爱狗，不仅孩子知道，连狗也知道，她有时在外面散步，巷子里的狗都跑来跟随她，并且用力地摇尾巴，到后来竟成为一种极为特殊的景观。

小癞子慢慢长大，成为人见人爱的狗，天天都有孩子专程跑来带它去玩，天黑的时候再带回来。由于爱心，小癞子竟成为巷子里最得宠的狗，任何名种狗都不能和它相比。也因为它的得宠，有人以为它身价不凡，一天夜里，小癞子被抱走了，朋友和她的小女儿伤心得就像失去一个孩子。巷子里的孩子也惘然失去了最好的玩伴。

两年以后，朋友在永和一家小面摊子上认到了小癞子，它又恢复在垃圾堆的日子，守候在桌旁捡拾人们吃剩的肉骨。

小癞子立即认出它的旧主人，人狗相见，忍不住相对落泪，那小癞子流下的眼泪竟滴到地上。

朋友把小癞子带回家，整条巷子因为小癞子的回家而充满了喜庆的气息，这两年间小癞子的遭遇是不问可知的，一定受过不少折磨，但它回家后又恢复了往日的神采。过不久，小癞子生了一窝小狗，生下的那天就全被预约，被巷子里，甚至远道来的孩子所领养。

　　做过母亲的小癞子比以前更乖巧而安静了，有一次我和朋友去买花，它静静跟在后面，不肯回家，朋友对它说了许多哄小孩一样的话，它才脉脉含情地转身离去。从那一次以后，我再也没有看到过小癞子了，它是被偷走了呢？还是自己离家而去？或是被捕狗队的人所逮捕？没有人知道。

　　朋友当然非常伤心，却不知道在什么时候什么地点可以再与小癞子会面。朋友与小癞子的缘分又是怎么来的呢？是随着前世的因缘，或是开始在今生的会面？

　　一切都未可知。

　　但我的朋友坚信有一天能与小癞子再度相逢，她美丽的眼睛望着远方说："人家都说随缘，我相信缘是随愿而生的，有愿就会有缘，没有愿望，就是有缘的人也会擦肩而过。"

送一轮明月给他

这个世界几乎没有一种固定的方法可以训练人表达无形的东西，于是，训练表达无形情感的唯一方法就是回到自身，充实自己的人格，使自己具备真诚无伪、热切无私的性格。

一位住在山中茅屋修行的禅师，有一天趁夜色到林中散步，在皎洁的月光下，他突然开悟了自性的般若。

他喜悦地走回住处，眼见到自己的茅屋有小偷光顾。找不到任何财物的小偷，要离开的时候才在门口遇见了禅师。原来，禅师怕惊动小偷，一直站在门口等待，他知道小偷一定找不到任何值钱的东西，早就把自己的外衣脱掉拿在手上。

小偷遇见禅师，正感到惊愕的时候，禅师说："你走老远的山路来探望我，总不能让你空手而回呀！夜凉了，你带着这件衣服走吧！"

说着，就把衣服披在小偷身上。小偷不知所措，低着头溜走了。

禅师看着小偷的背影走过明亮的月光，消失在山林之中，不禁感慨地说："可怜的人啊！但愿我能送一轮明月给他。"

禅师不能送明月给那个小偷，使他感到遗憾，因为在黑暗的山林，明月是照亮世界最美丽的东西。不过，从禅师的口中说出："但愿我能送一轮明月给他。"这口里的明月除了是月亮的实景，指的也是自我清净的本体。从古以来，禅宗大德都用月亮来象征一个人的自性，那是由于月亮光明、平等、遍照、温柔的缘故。怎么样找到自己的一轮明月，向来就是禅者努力的目标。在禅师的眼中，小偷是被欲望蒙蔽的人，就如同被乌云遮住的明月，一个人不能自见光明是多么遗憾的事。

禅师目送小偷走了之后，回到茅屋赤身打坐，他看着窗外的明月，进入定境。

第二天，他在阳光温暖的抚触下，从极深的禅定里睁开眼睛，看到他披在小偷身上的外衣，被整齐地叠好，放在门口。禅师非常高兴，喃喃地说："我终于送了他一轮明月！"

明月是可送的吗？这真是有趣的故事，在我们的人生经验里，无形的事物往往不能赠送给别人，例如我们不能对路边的乞者说："我送给你一点慈悲。"我们只能把钱放在盒子里，因为他只能从钱的多寡来感受慈悲的程度。

我们不能对心爱的人说："我送你一百个·爱情。"只能送他一百朵玫瑰。他也只能从玫瑰的数量来推算情感的热度，虽然这种推算往往不能画上等号，因为送玫瑰的人或许比送钻戒者的爱要真诚而热烈。

同样的，我们对于友谊、正义、幸福、平安、智慧……无价的东西，也不能用有形的事物做正确的衡量。我想，这正是人生的困局之一，我们必须时时注意如何以有形可见的事物来奥妙表达所要传递的心灵信息。可悲的是，在传递的过程中常常会有"落差"，这种落差常使骨肉至亲反目，患难之交怨愤，恩爱夫妻仳离，有情人终于成为俗汉。

这些无形又可贵的感情，与禅师的某些特质接近，是"只可意会，不可言传"，是"不立文字，教外别传"，是"当下即是，动念即乖"，是"云在青天水在瓶"，是"平常心是道"！

这个世界几乎没有一种固定的方法可以训练人表达无形的东西，于是，训练表达无形情感的唯一方法就是回到自身，充实自己的人格，使自己具备真诚无伪、热切无私的性格，这样，情感就不是一种表达，而是一种流露。

在一个人能真诚流露的时候，连明月也可以送给别人，对方也真的收得到。

我们时时保有善良、宽容、明朗的心性，不要说送一轮明月，同时送出许多明月都是可能的，因为明月不是相送，而是一种相映，能映照出互相的光明。

此所以禅师说："但愿我能送一轮明月给他！"是真正人格的馨香，它使小偷感到惭愧，受到映照而走向光明的道路。

青山元不动

那时我站在对联前面才真正体会到一位得道者的胸襟，还有一座好庙是多么的庄严，他们永远是青山一般，任白云在眼前飘过。

我从来不刻意去找一座庙宇朝拜。

但是每经过一座庙，我都会进去烧香，然后仔细地看看庙里的建筑，读看到处写满的、有时精美得出乎意料的对联，也端详那些无比庄严、穿着金衣的神明。

大概是幼年培养出来的习惯吧！每次随着妈妈回娘家，总要走很长的路，有许多小庙神奇地建在那条路上，妈妈无论多急着赶路，必定在路过庙的时候进去烧一把香，或者喝杯茶，再赶路。

出门种作的清晨，爸爸都是在庙里烧了一炷香再荷锄下田的。夜里休闲时，也常和朋友在庙前饮茶下棋，到星光满布才回家。

我对庙的感应不能说是很强烈的，但却十分深长。在许许多多的庙中，我都能感觉到一种温暖的情怀，烧香的时候，就好像把自己的心情放在供桌上，烧完香整个人就平静了。

也许不能说只是庙吧，有时是寺，有时是堂，有时是神坛，反正是有着庄严神明的处所，与其说我敬畏神明，还不如说是一种来自心灵的声音，它轻浅地弹奏而触动着我，就像在寺庙前听着乡人夜晚弹奏的南管，我完全不懂得欣赏，可是在夏夜的时候聆听，仿佛看到天上的一朵云飘过，云后闪出几粒晶灿的星星，南管在寂静之夜的庙里就有那样的美丽。

新盖成的庙也有很粗俗的，颜色完全不协调地纠缠不清，贴满了花草浓艳的艺术瓷砖，这使我感到厌烦。然而我一想到童年时看到如此颜色鲜丽的庙就禁不住欢欣跳跃的心情，便接纳了它们，正如渴着的人并不挑拣茶具，只有那些不渴的人才计较器皿。

我的庙宇经验可以说不纯是宗教，而是感情的，好像我的心里随时准备了一片大的空地，把每座庙一一建起，因此庙的本身是没有意义的。记得我在学生时代，常常并没有特别的理由，也没有朝山进香的准备，就信步走进后山的庙里，在那里独坐一个下午，回来的时候就像改换了一个人，有快乐也沉潜了，有悲伤也平静了。

通常，山上或海边的庙比城市里的更吸引我，因为山上或海边的庙虽然香火寥落，往往有一片开阔的景观和天地。那些庙往往占住一座山或一片海滨最好的地势，让人看到最好的风景，最感人的是，来烧香的人大多不是有所求而来，仅是来烧香罢了，也很少人抽签，签纸往往发着黄斑或尘灰满布。

城市的庙不同，它往往局促一隅，近几年，因大楼的兴建更被围得完全没有天光。香火鼎盛的地方过分拥挤，有时烧着香，两边的肩膀都被拥挤的香客紧紧夹住了。最可怕的是，来烧香的人都是满脑子的功利，又要举家顺利，又要发大财，又要长寿，又要儿子中状元。我知道的一座庙里，没几天就要印制一次新的签纸，还是供应不及。如果一座庙只是用来求功名利禄，那么我们这些无求的、只是烧香的人，还有什么值得去的呢？

去逛庙，有时也有意想不到的乐趣。有的庙是仅在路上捡到一个神明像就兴建起来的，有的是因为长了一棵怪状的树而兴建，有的是那一带不平安，大家出钱盖座庙。在台湾，山里或海边的庙宇盖成，大多不是事先规划设计，而是原来有一个神像，慢慢地一座座供奉起来；多是先只盖了一间主房，再向两边延展出去，然后有了厢房，有了后院；多是先种了几棵小树，后来有了遍地的花草；一座寺庙的宏规历尽百年还没有定型，还在成长着。因此使我特别有一种时间的感觉，它在空间上的生长，也印证了它的时间。

观庙烧香，或者欣赏庙的风景都是不足的，最好的庙是在其中有一位得道者，他可能是出家修炼许久的高僧，也可能是拿着一块抹布在擦拭桌椅的毫不起眼的俗家老人。在他空闲的时候，我们和他对坐，听他诉说在平静中得来的智慧，就像坐着听微风吹拂过大地，我们的心就在那大地里悠悠如诗地醒转。

如果庙中竟没有一个得道者，那座庙再好再美都不足，就像中秋夜里有了最美的花草而独缺明月。

我曾在许多不知名的寺庙中见过这样的人，在我成年以后，这些人成为我到庙里去最大的动力。当然我们不必太寄望有这种机缘，因为也许在几十座庙里才能见到一个，那是随缘！

最近，我路过新北市的三峡镇，听说附近有一座风景秀美的寺，便放下俗务，到那庙里去。庙的名字是"元亨堂"，上千个台阶全是用一级级又厚又结实的石板铺成，光是登石级而上就是几炷香的工夫。

庙庭前整个是用整齐的青石板铺成，上面种了几株细瘦而高的梧桐，和几丛竹子。从树的布置和形状，就知道不是凡夫所能种植的。庙的设计也是简单的几座平房，全用了朴素而雅致的红砖。

我相信那座庙是三莺一带最好的地势，站在庙庭前，广大的绿野蓝天和山峦尽入眼底，在绿野与山峦间一条秀气的大汉溪如带横过。庙并不老，现在能盖出这么美的庙，使我对盖庙的人产生了最大的敬意。

后来向在庙里洒扫的妇人打听，终于知道了盖庙的人。听说他是来自外乡的富家独子，一生下来就不能食荤的人，二十岁的时候发誓修行，便带着庞大的家产走遍北部各地，找到了现在的地方，他自己拿着锄头来开这片山，一块块石板都是亲自铺上的，一棵棵树都是自己栽植的，历经六十几年的时间才有了现在的规模；至于他来自哪一个遥远的外乡，他真实的名姓，还有他传奇的过去，都是人所不知的，当地的人只称他为"弯仔师父"。

"他人还在吗？"我着急地问。

"还在午睡，大约一小时后会醒来。"妇人说。并且邀我在庙里吃了一餐美味的斋饭。

我终于等到了弯仔师父，他几乎是无所不知的人，八十几岁还健朗风趣，上自天文，下至地理，中谈人生，都是头头是道，让人敬服。我问他年轻时是什么愿力使他到三峡建庙，他淡淡地说："想建就来建了。"

谈到他的得道。

他笑了："道可得乎？"

叨扰许久，我感叹地说："这么好的一座庙，没有人知道，实在可惜呀！"

弯仔师父还是微笑，他叫我下山的时候，看看山门的那副对联。

下山的时候，我看到山门上的对联是这样写的：

青山元不动

白云自去来

那时我站在对联前面才真正体会到一位得道者的胸襟，还有一座好庙是多么的庄严，他们永远是青山一般，任白云在眼前飘过。我们不能是青山，让我们偶尔是一片白云，去造访青山，让青山告诉我们大地与心灵的美吧！

我不刻意去找一座庙朝拜，总是在路过庙的时候，忍不住地想：也许那里有着人世的青山，然后我跨步走进，期待一次新的随缘。

第五部分

与万人为敌

修行如一人与万人为敌，未必一帆风顺，往往荆棘满路，发心勇猛，精进不退。

发芽的心情

人世里的波折其实也和果树一样。有时候我们面临了冬天的肃杀，却还要被剪去枝丫，甚至流下了心里的汁液。有那些懦弱的，他就不能等到春天，只有永远保持春天的心情等待发芽的人，才能勇敢地过冬，才能在流血之后还能繁叶满树，然后结出比剪枝前更好的果。

有一年，我在武陵农场打工，为果农收成水蜜桃与水梨。那时候是冬天了，清晨起来要换上厚重的棉衣，因为山中的空气格外有一种清澈的冷，深深地呼吸时，凉沁的空气就涨满了整个胸肺。

我住在农人的仓库里，清晨挑起箩筐到果园子里去，薄雾正在果树间流动，等待太阳出来时往山边散去。在薄雾中，由于枝丫间的叶子稀疏，可以清楚地看见那些饱满圆熟的果实，从雾里浮凸出来，青鲜的还挂着夜之露水的果子，如同刚洗过一个干净的澡。

雾掠过果树，像一条广大的河流般，这时阳光正巧洒下满地的金线，果实的颜色露出来了，梨子透明一般，几乎能看见表皮内部的水分。成熟的水蜜桃有一种粉状的红，在绿色的背景中，那微微的红如鸡心石一样，流动着一棵树的血液。

　　我最喜欢清晨曦光初见的时刻。那时一天的劳动刚要开始，心里感觉到要开始劳动的喜悦，而且面对一片昨天采摘时还青涩的果子，经过夜的洗礼，竟已成熟了，可以深切地感觉到生命的跃动，知道每一株果树全有着使果子成长的力量。我小心地将水蜜桃采下，放在已铺满软纸的箩筐里，手里能感觉到水蜜桃的重量，以及那充满甜水的内部质地。捧在手中的水蜜桃，虽已离开了它的树枝，却像一株果树的心。

　　采摘水蜜桃和梨子原不是粗重的工作，可是到了中午，全身大致已经汗湿，中午冬日的暖阳使人不得不脱去外面的棉衣。这样轻微的劳作为何会让人汗流浃背呢？有时我这样想着。后来找到的原因是：水蜜桃与梨子虽不粗重，但它们那样容易受伤，非得全神贯注不可——全神贯注也算是我们对大地生养的果实一种应有的尊重吧！

　　才一个月的时间，我们差不多把果园中的果实完全采尽了，工人们全散工转回山下，我却爱上那里的水土，经过果园主人的准许，答应让我在仓库里一直住到春天。能够在山上过冬是我意想不到的事，那时候我早已从学校毕业，正等待着服兵役的征集令，由于无事，心情差不多放松下来了。我向附近的人借到一副钓具，空闲的时候就坐着到雾社的客运车，碧湖去徜徉一天，偶尔能钓到几条小鱼，通常只是看饱了风景。

有时候我坐车到庐山去洗温泉，然后在温泉岩石上晒一个下午的太阳；有时候则到比较近的梨山，在小街上散步，看那些远从山下来赏冬景的游客。夜间一个人在仓库里，生起小小的煤炉，饮一壶烧酒，然后躺在床上，细细听着窗外山风吹过林木的声音，才深深觉得自己是完全自由的人，是在自然与大地工作过、静心等候春天的人。

采摘过的果园并不因此就放了假，果园主人还是每天到园子里去，做一些整理剪枝除草的工作，尤其是剪枝，有一天到园子去帮忙整理，我目见的园中景象令我大大地吃惊。因为就在一个月前曾结满累累果实的园子，这时全像枯去了一般，不但没有了果实，连过去挂在枝尾端的叶子也都凋落净尽，只有一两株果树上，还留着一片焦黄的在风中抖颤的，随时要落在地上的黄叶。

园子中的落叶几乎铺满，走在上面窸窣有声，每一步都把落叶踩裂，碎在泥地上。我并不是不知道冬天树叶会落尽的道理，但是对于生长在南部的孩子，树总是常绿的，看到一片枯树反而觉得有些反常。

我静静地立在园中，环目四顾，看那些我曾为它们的生命、为它们的果实而感动过的果树，如今充满了肃杀之气，我不禁在心中轻轻地叹息起来。同样的阳光、同样的雾，却洒在不同的景象之上。

曾经雇用我的主人，不能明白我的感伤，走过来拍我的肩，说：“怎么了？站在这里发呆？”

"真没想到才几天的工夫，叶子全落尽了。"我说。

"当然了，今年不落尽叶子，明年就长不出新叶了，没有新叶，果子不知道要长在那里呢！"园主人说。

然后他带领我在园中穿梭，手里拿着一把利剪，告诉我如何剪除那些已经没有生长力的树枝。他说那是一种割舍，因为长得太密的枝丫，明年固然能结出许多果子，但一棵果树的力量是一定的，太多的树枝可能结出太多的果，但会使所有的果都长得不好，经过剪除，就能大致把握明年的果实。我虽然感觉到那对一棵树的完整有伤害，但一棵果树不就是为了结果吗？为了结出更好的果，母株总要有所牺牲。

我看到有的拇指粗细的枝丫被剪落，还流着白色的汁液，我说："如果不剪枝呢？"

园主人说："你看过山地里野生的芭乐吗？它的果子会一年比一年小，等到树枝长得太盛，根本就不能结果了。"

我们在果园里忙碌地剪枝除草，全是为了明年的春天做着准备。春天，在冬日的冷风中感觉起来是十分遥远的日子，但是当拔草的时候，看到那些在冬天也顽强抽芽的小草，似乎春天就在那深深的土地里，随时等候着涌冒出来。

果然，让我们等到了春天。

其实说是春天还嫌早，因为气温仍然冰冷一如前日。我到园子夫的时候，发现果树像约定好的一样，几乎都抽出绒毛一样的绿芽，那些绒绒的绿昨夜刚从母亲的枝干挣脱出来，初面人世，每一片都绿得像透明的绿水晶，抖颤地睁开了眼睛。我看到尤其是初剪枝的地方，芽抽得特别早，也特别鲜明，仿佛是在补偿着母亲的阵痛。我在果树前深深地受到了感动，好像我也感觉了那抽芽的心情。那是一种春天的心情，只有在最深的土地中才能探知。

我无法抑制心中的兴奋与感动，每天第一件事就是跑去园子，看那些喧哗的芽一片片长成绿色的叶子，并且有的还长出嫩绿的枝丫，逐渐在野风中转成褐色。有时候，我一天去看过好几次，感觉黄昏的落日里，叶子长得比当日黎明要大得多。那是一种奇妙的观察，确实能知道春天的讯息。春天原来是无形的，可是借着树上的叶、草上的花，我们竟能真切地触摸到春天——冬天与春天不是天上的两颗星那么遥远，而是同一株树上的两片叶子，那样密结地跨着步。

我离开农场的时候，春阳和熙，人也能感觉到春天的肤触了。园子里的果树也差不多长出整树的叶子，但是有两株果树却没有发出新芽，枝丫枯干，一碰就断落，它们已经在冬天里枯干了。

果园的主人告诉我，每一年过了冬季，总有一些果树就那样死去了，有些当年还结过好果的树也不例外，他也想不出什么原因，只说："果树和人一样也有寿命的，短寿的可能未长果就夭折，有的活了五年，有的活了十几年，真是说不准的。奇怪的是，果树的死亡真没有什么征兆，有的明明果子长得好好的，却就那样地死去了……"

"真是奇怪，这些果树是同时播种，长在同一片土地上，受到相同的照顾，种类也都一样，为什么有的到了冬天以后就活不过来呢？"我问着。

我们都不能解开这个谜题，站在树前互相对望。夜里，我为这个问题而想得失眠了。果树在冬天落尽叶子，为何有的在春天不能复活呢？园子里的果树都还年轻，不应该这样就死去的！

　　"是不是有的果树不是不能复活，而是不肯活下去呢？就像有一些人失去了生的意志而自杀了？或者说在春天里发芽也要心情，那些强悍的树被剪枝，它们用发芽来补偿，而比较柔弱的树被剪枝，则伤心地失去了春天的期待与心情。树，是不是有心情的呢？"我这样反复询问自己，知道难以找到答案，因为我只看到树的外观，不能了解树的心情。就像我从树身上知道了春的讯息，我并不完全了解春天。

　　我想到，人世里的波折其实也和果树一样。有时候我们面临了冬天的肃杀，却还要被剪去枝丫，甚至流下了心里的汁液。有那些懦弱的，他就不能等到春天，只有永远保持春天的心情等待发芽的人，才能勇敢地过冬，才能在流血之后还能繁叶满树，然后结出比剪枝前更好的果。

　　多年以来，我心中时常浮现出那两株枯去的水蜜桃树，尤其是受到什么无情的波折与打击时，那两株原本无关紧要的树，它们的枯枝就像两座生铁的雕塑，从我的心中撑举出来，我就对自己说："跨过去，春天不远了，我永远不要失去发芽的心情。"而我果然就不会被冬寒与剪枝击败，虽然有时静夜想想，也会黯然流下泪来，但那些泪在一个新的春天来临时，往往成为最好的肥料。

黑暗的剪影

　　我知道他在某一个角落里继续过着漂泊的生活，捕捉光明或黑暗的人所显现的神采，也许他早就忘记曾经剪过我的影子，这丝毫不重要，重要的是我们在一个悠闲的下午相遇，而他用二十年的流浪告诉我："世间没有真正的黑暗。"即使无人顾惜的剪影也是如此。

　　在新公园散步，看到一个"剪影"的中年人。

　　他摆的摊子很小，工具也非常简单，只有一小把剪刀、几张纸。但是他剪影的技巧十分熟练，只要三两分钟就能把一个人的形象剪在纸上，而且大部分非常酷肖。仔细地看，他的剪影上只有两三道线条，一个人的表情五官就在那三两道线条中活生生地跳跃出来。

　　那是一个冬日清冷的午后，即使在公园里，人也是稀少的，偶有路过的人好奇地望望剪影者的摊位，然后默默地离去；要经过好久，才有一些人抱着姑且一试的心理，让他剪影，因为一张只要二十元，比在照相馆拍一张失败的照片还要廉价很多。

我坐在剪影者对面的铁椅上，看到他生意清淡，不禁令我觉得他是一个人间孤独者。他终日用剪刀和纸捕捉人们脸上的神采，而那些人只像一条河从他身边匆匆流去，除了他摆在架子上一些传神的，用来做样本的名人的侧影之外，他几乎一无所有。

走上前去，我让剪影者为我剪一张侧脸，在他工作的时候，我淡淡地说："生意不太好呀？"没想到却引起剪影者一长串的牢骚。他说，自从摄影普遍了以后，剪影的生意几乎做不下去了，因为摄影是彩色的，那么真实而明确；而剪影是黑白的，只有几道小小的线条。

他说："当人们太依赖摄影照片时，这个世界就减少了一些可以想象的美感，不管一个人多么天真烂漫，他站在照相机的前面时，就变得虚假而不自在了。因此，摄影往往只留下一个人的形象，却不能真正有一个人的神采；剪影不是这样，它只捕捉神采，不太注意形象。"我想，这位孤独的剪影者所说的话，有很深切的道理，尤其是人坐在照相馆灯下所拍的那种照片。

他很快地剪好了我的影，我看着自己黑黑的侧影，感觉那个"影"是陌生的，带着一种连我自己都不敢相信的忧郁，因为"他"嘴角紧闭，眉头深结。我询问着剪影者，他说："我刚刚看你坐在对面的椅子上，就觉得你是个忧郁的人，你知道要剪出一个人的影像，技术固然重要，更重要的是观察。"

剪影者从事剪影的行业已经有二十年了，一直过着流浪的生活，以前是在各地的观光区为观光客剪影，后来连在观光区也被照相师傅取代了，他只好从一个小镇到另一个小镇，出卖自己的技艺。他的感慨不仅仅是生活的，而是"我走的地方愈多，看过的人愈多，我剪影的技术就日益成熟，捕捉住人最传神的面貌，可惜我的生意却一天不如一天，有时在南部乡下，一天还没有十个人上门。"

作为一个剪影者，他最大的兴趣是在观察。早先是对人的观察，后来生意清淡了，他开始揣摩自然，剪花鸟树木，剪山光水色。

"那不是和剪纸一样了吗？"我说。

"剪影本来就是剪纸的一种。不同的是，剪纸务求精细，色彩繁多，是中国的写实画。剪影务求精简，只有黑白两色，就像是写意了。"

因为他夸说什么事物都可以剪影，我就请他剪一幅题名为"黑暗"的影子。

剪影者用黑纸和剪刀，剪了一个小小的上弦月和几粒闪耀的星星，他告诉我："本来，真正的黑暗是没有月亮和星星的，但是世间没有真正的黑暗，我们总可以在最角落的地方看到一线光明，如果没有光明，黑暗就不成其黑暗了。"

我离开剪影者的时候，不禁反复地回味他说过的话。因为有光明的对照，黑暗才显得可怕，如果真是没有光明，黑暗又有什么可怕呢？问题是，一个人处在最黑暗的时刻，如何还能保有对光明的一片向往。

现在这张名为"黑暗"的剪影正摆在我的书桌上，星月疏疏淡淡地埋在黑纸里，好像很不在意似的，"光明"也许正是如此，并未为某一个特定的对象照耀，而是每一个有心人都可以追求。

　　后来我有几次到公园去，想找那一位剪影的人，却再也没有他的踪迹了。我知道他在某一个角落里继续过着漂泊的生活，捕捉光明或黑暗的人所显现的神采，也许他早就忘记曾经剪过我的影子，这丝毫不重要，重要的是我们在一个悠闲的下午相遇，而他用二十年的流浪告诉我："世间没有真正的黑暗。"即使无人顾惜的剪影也是如此。

幸福终结者

幸福快乐不是一个结局，只是一个方向罢了，我们只能说一直在往那个方向走，而不能说是在朝那个结局前进。

从前看童话书，有许多是关于王子和公主的故事，这种故事都是千篇一律，是公主受到某种妖魔或巫婆的咒术所魅惑，变成植物、动物，或长睡、或禁制而失去了自由。王子，英俊、潇洒、骑着白马、手拿宝剑，经过重重磨难，终于把公主救了出来，故事的终结总是："王子与公主从此过着幸福快乐的日子。"

虽然在小时候，我们就知道那个"从此"是不太可能的，但一读到"从此过着幸福快乐的日子"心里就充满一种特殊的感动，深知那不一定是个结局，却一定是个期望。

为什么说"从此过着幸福快乐的日子"不是结局，却是期望呢？因为除了童话，我们也看许多卡通影片，在卡通影片里也是千篇一律的，一只弱小的动物或一个弱小的人，一开始总被强大的动物、人，或者压力，整得一塌糊涂，在故事的后半段，他们总是奋力一击，获得了最后的胜利，结局也可以说是"从此过着幸福快乐的日子"。

不幸的是，卡通影片与童话故事不同，它有续集，主角的幸福仿佛没有过多久，就要面临新的考验与压力，在挫败的角落中抗争，最后又得到一次幸福。然后，故事就周而复始地重复不已，卡通人物是不死的，所以他们的失败与压力不死，他们的幸福也总是在失落沉沦中重生。

不只童话或卡通是这样，在电视上演给大人看的警匪、侦探、情爱的单元剧，都是让我们看见了英雄一再的考验与重生。

这些，都使我们知道在人生里，借着外在世界的克服、奋斗，不一定能得到最后幸福的结局，因为只要这个世界不停止转动，人的挫折考验就不会终止，活在这世界一天，就不可能有"从此过着幸福快乐的日子"的一天。即使贵如王子与公主也不能逃出这个铁则，这是为什么我们读古代王室的历史，发现争端、纠缠、丑闻的时代总比太平的时代多得多的原因。

是的，我们骑白马拿宝剑去砍杀妖魔、破除巫术，并不能使我们进入平安的境地。

我对于王子与公主的故事于是有了新的体会，如果我们把除妖破巫的行动当成是一种象征，象征了王子去砍除了心中的妖魔，与纠缠在欲念上的巫迷，就可以使他断除一切心灵的纠葛，到达一个宽广、博大、慈悲、无所动摇的心境，那么他从此过着幸福快乐的日子并不是不可能。

不要说走在荆棘遍地、丑怪狰狞的地方了，就是走在地狱的炼火中，也能有清凉的甘露。佛教里有一尊地藏王菩萨，由于心地无限光明与无量慈悲，经常在地狱中救拔众生，当他走过地狱燃烧的烈火，每一朵火焰都化成一朵最美丽的红莲花，来承接他的双足，这是一则多么动人的启示呀！

我们对于最终的幸福，因而要有一个更新的体认，记不得是哪一个诗人说过："人们常为了追求幸福而倒在尘沙之中，而伊甸园就在左近。"莎士比亚更说过："快乐，不是一个地方，而是一个方向。"

幸福快乐不是一个结局，只是一个方向罢了，我们只能说一直在往那个方向走，而不能说是在朝那个结局前进。

只要我们去除心的葛藤，不断追求幸福的方向，就不只是让我们从黑暗之地走向光明，而是从光明的起点走向另一个光明的起点。

是什么使我们从光明走向光明？说穿了也很简单，就是回到心的清净，回到一个更广大的包容罢了。

最清净广大的心胸世界，才是幸福的终结者。

凤凰的翅膀

人的思考是如凤凰一样多彩，人一闪而明的梦想则是凤凰的翅膀，能冲向高处，也能飞向远方，更能历千百世而不消磨——因此，人是有限的，也是无限的。

我时常想，创作的生命可以分成两类：一类是像恒星或行星一样，发散出永久而稳定的光芒，这类创作为我们留下了许多巨大而深刻的作品；另一类是像彗星或流星一样，在黑夜的星空一闪，留下了短暂而炫目的光辉，这类作品特别需要灵感，也让我们在一时之间洗涤了心灵。两种创作的价值无分高下，只是前者较需要深沉的心灵，后者则较需要飞扬的才气。

最近在台北看了意大利电影大师费里尼（Federico Fellini）的作品《女人城》（City of Women），颇为费里尼彗星似的才华所震慑。那是一个简单的故事，说的是一位中年男子在火车上邂逅年轻貌美的女郎而下车跟踪，误入了全是女人的城市，那里有妇女解放运动的成员，有歌舞女郎、荡妇、泼妇、应召女郎、"第三性"女郎等等，在这个光怪陆离的世界里，费里尼像在写一本灵感的记事簿，每一段落都表现出光辉耀眼的才华。

这些灵感的笔记，像是一场又一场的梦，粗看每一场，均是超现实而没有任何意义的，细细地思考则仿佛每一场梦我们都经历过，任何的梦境到最后都是空的，但却为我们写下了人世里不可能实现的想象。

诚如费里尼说的："这部影片有如茶余饭后的闲谈，是由男人来讲述女人过去和现在的故事；但是男人并不了解女人，于是就像童话中的小红帽在森林里迷失了方向一般。既然这部影片是一个梦，用的就是象征性的语言；我希望你们不要努力去解释它的涵义；因为没有什么好解释的。"有时候灵感是无法解释的，尤其对创作者而言，有许多灵光一闪的理念，对自己很重要，可是对于一般人可能毫无意义，而对某些闪过同样理念的人，则是一种共鸣，像在黑夜的海上行舟，遇到相同明亮的一盏灯。

在我们这个多变的时代里，艺术创作者真是如凤凰一般，在多彩的身躯上还拖着一条斑斓的尾羽；它从空中飞过，还唱出美妙的歌声。记得读过火凤凰的故事，火凤凰是世界最美的鸟，当它自觉到自己处在美丽的巅峰、无法再向前飞的时候，就火焚自己，然后在灰烬中重生。

这是个非常美的传奇，用来形容艺术家十分贴切。我认为，任何无法在自己的灰烬中重生的艺术家，都无法飞往更美丽的世界，而任何不能自我火焚的人，也就无法突破自己，让人看见更鲜美的景象。

像是古语说的"破釜沉舟"，如果不能在启帆之际，将岸边的舟船破沉，则对岸即使风光如画，气派恢宏，可能也没有充足的决心与毅力航向对岸。艺术如此，凡人也一样，我们的梦想很多，生命的抉择也很多，我们常常为了保护自己的翅膀而迟疑不决，丧失了抵达对岸的时机。

人是不能飞翔的，可是思想的翅膀却可以振风而起，飞到不可知的远方，这也就是人可以无限的所在。不久以前，我读到一本叫《思想的神光》的书，里面谈到人的思想在不同的情况有不同的光芒和形式，而这种思想的神光虽是肉眼所不能见，新的电子摄影器却可以在人身上摄得神光，从光的明暗和颜色来推断一个人的思想。

还有一种说法是，当我们思念一个人的时候，我们的思想神光便已到达他的身侧，温暖着我们思念的人；当我们忌恨一个人的时候，思想的神光则飞到他的身侧，和他的神光交战，两人的心灵都在无形中受损。而中国人所说的"缘"和"神交"，都是因于思想的神光有相似之处，在无言中投合了。

我觉得这"思想的神光"与"灵感"有相似之处，在"昨夜西风凋碧树。独上高楼，望尽天涯路"时，灵感是一柱擎天；在"衣带渐宽终不悔，为伊消得人憔悴"时，灵感是专注地飞向远方；"众里寻他千百度，蓦然回首，那人却在灯火阑珊处"时，灵感是无所不在，像是沉默地、宝相庄严地坐在心灵深处灯火阑珊的地方。

灵感和梦想都是不可解的，但是可以锻炼，也可以培养。一个人在生命中千回百折，是不是能打开智慧的视境，登上更高的心灵层次，端看他能不能将仿佛不可知的灵感锤炼成遍满虚空的神光，任所翱翔。

　　人的思考是如凤凰一样多彩，人一闪而明的梦想则是凤凰的翅膀，能冲向高处，也能飞向远方，更能历千百世而不消磨——因此，人是有限的，也是无限的。

一只毛虫的圆满

假如有一个人想走向圆满，他要在智慧上有细腻的观察、平等亲切的对待、活泼有力的生命、广大无私的态度。我们试着在黑夜中检视自己生命的风格，便会知道自己是不是在走向圆成智慧之路。

起居室的墙上，挂了一幅画家朋友陆咏送的画，画面上是一只丑丑的毛虫，爬在几株野草上，旁边有陆咏朴素的题字：

今日蹒蹒独行，

他日化蝶飞去。

我很喜欢这一幅画，那是因为美丽的蝴蝶在画上已经看得多了，美丽的花也不少，却很少人注意到蝴蝶的"前身"是毛虫，也很少人思考到花朵的"幼年时代"就是草，自然很少有画家以之入画，并给予赞美。

当我们看到毛虫的时候，可以说我们的内心有一种期许，期许它不要一辈子都那样子踽踽独行，而有化蝶飞去的一天。当我们看到毛虫的时候，内心里也多少有一些自况，梦想着能有美丽飞翔的一天。

小时候，我曾经养过一箱毛虫，所有的人看到毛虫都会恶心惊叫，但我不会，只因为我深信毛虫是美丽蝴蝶的幼年时代。每天去山间采嫩叶来喂食，日久习以为常，竟好像对待宠物一样。我观察到那些样子最丑的毛虫正是最美的蝴蝶幼虫，往往貌不惊人，在破茧时却七彩斑斓。

最记得是把蝴蝶从箱中放走的时刻，仿佛是一朵花飘向空中，到处都有生命美丽的香味。

对毛虫来说，美丽的蝴蝶是不是一种结局呢？从丑怪到美丽的蜕化是不是一种圆满呢？对人来说，结局何在？什么才是圆满？这些难以解答的问题，正是我说的自况了。

初生于世界的人，是不可能圆满的，原因是这个世界原就是不圆满的世界，感应道交，不圆满的人当然投生到不圆满世界，这乃是"因缘"所成。圆满的人，自然投生到佛的净土、菩萨世界了。

幸而，佛经里留了一个细缝，是说在不圆满世界也可能有圆满的人来投胎，凡圣可能同居，那是由于愿力的缘故，是先把自己的圆满隐藏起来，希望不圆满的人能很快找到圆满的路径，一起走向圆满之路。

"有圆满之愿，人人都能走向圆满。"我们可以这样说，这正是佛说"众生皆有如来智慧德相"的意思。

举一个简单的例子，我们来看几个人字旁的字，像"佛""仙""俗"。

仙，左人右山，意思是，人的心志如果一直往山上爬，最后就成仙了。

俗，左人右谷，意思是，人的心志如果往山谷堕落，最后就是粗俗的凡夫了。

佛，左边是人，右边是弗，弗有"不是"之意，佛字如果直接转成白话，是"不是人"的意思。"不是人"正是"佛"，这里面有极为深刻的寓意。当一个人的心志能往山上走，不断地转化，使一切负面的情绪都转化成正面的情绪，他就不是一般的人，而是觉行圆满的佛了。

成佛、成仙、成俗，都是由人做成的，人是一切的根基，人也是走向圆满的起点，这是为什么六祖慧能说："一念觉，即是佛；一念迷，即是众生。"

从前读太虚大师的著作，他常说："人圆即佛成。"那时不能深解，总是问："为什么人圆满了就成佛呢？"当时觉得人要圆满不是难事，成佛却艰辛无比，年纪渐长才知道，原来，佛是"圆满的人"，并不是一个特别的称呼。

什么是圆满之境呢？试以佛的双足"智慧"与"慈悲"来说。

佛典里给佛智慧的定义是"妙观察智""平等性智""成所作智""大圆镜智"，如果把它放到最低标准，我们可以说圆满的智慧具有这样四种特质：一是善于观察世间的实相；二是能平等对待众生，因了知众生佛性平等之故；三是有生命的活力，所到之处，一切自然成就；四是有无比广大的风格，如大圆镜反映了世界的实相。

也可以说，假如有一个人想走向圆满，他要在智慧上有细腻的观察、平等亲切的对待、活泼有力的生命、广大无私的态度。我们试着在黑夜中检视自己生命的风格，便会知道自己是不是在走向圆成智慧之路。

慈悲的圆满境界则有两项标杆，一是无缘大慈，二是同体大悲。前者是对那些无缘的人也有给予快乐之心，是由于虽然无缘，也要广结善缘；后者是认识到自己并不是独存于世界，而是与世界同一趋向、同一境性，因此对整个世界的痛苦都有拯救拔除的心。

慈悲的检视也和智慧一样，要回来看自己的心，是不是与众生感同身受，是不是与世界同悲共苦？切望能共同走向无忧恼之境，如果于一个众生起一念非亲友的念头，那就可以证明慈悲不够圆满了。

因缘的究竟是渺不可知的，圆满的结局也杳不可知，但人不能因此而失去因缘成就、圆满实现的心愿。

一个人有坚强广大的心愿，则因缘虽遥，如风筝系线在手，知其始终；一个人有通向究竟的心愿，则圆满虽远，如地图在手，知其路径，汽车又已加满了油，一时或不能至，终有抵达的一天。

但放风筝、开汽车的乐趣，只有自心知，如果有人来问我关于圆满的事，我会效法古代禅师说："喝茶时喝茶，吃饭时吃饭，睡觉时睡觉，说什么劳什子的圆满？"

　　这就像一条毛虫一样，生在野草之中，既不管春花之美，也不管蝴蝶飞过，只是简简单单地吃草，一天吃一点草，一天吃一点露水；上午受一些风吹，下午给一些雨打；有时候有闪电，有时候有彩虹；或者给鸟啄了，或者喂了螳螂；生命只是如是前行，不必说给别人听。只有在心里最幽微的地方，时时点着一盏灯，灯上写两行字：

　　　　今日踽踽独行，

　　　　他日化蝶飞去。

吃饭皇帝大

为了结局所产生的时间压缩，不仅未能使我们有更多空间来悠然生活，反而使我们更忙碌、烦恼、烦躁与不安，在暗地里付出更大的代价犹不自知。

听说有一家比萨店，顾客一坐下来点菜，只要超过五分钟没送来，就完全免费招待，孩子感到好奇，一直吵着去吃。

我们去的时候完全没有想到的情况是，餐厅大客满，等了半个小时才有空位。果然，餐单印着五分钟尚未上菜免费招待，点完菜，孩子开始计时，不到四分钟就送来了，效率真是快得惊人。

但是，我立刻想到，为了赶这五分钟，我们坐了四十分钟的计程车，排队等候座位花去半个小时，吃完饭还要花至少三十分钟回家。在餐单上五分钟的快速保证，每一分钟里都有二十分钟的代价。

这是现代人为了结局快速而轻忽过程的一个活生生的例证，

我们赶着在五分钟上菜的心情，促使速食面、速食咖啡、速食餐厅大行其道。不仅在五分钟里做完菜，还希望不管做什么都不要超过五分钟，于是有了微波炉，尽管微波食品在做菜过程中毫无乐趣，微波食品的滋味普通，我们也只好使用，为了节省另外的五分钟。

不只是吃饭的五分钟，做其他事时，我们也要维持在每一秒钟操控局面或被操控，于是有了传真机、呼叫器、行动电话、电脑连线。为使目标立即呈现，我们做了许多遥控器，电视、音响、灯光、冷气，到大部分电器都附有遥控器。谁家的客厅桌子上，现在不是摆了一堆遥控器呢？

我们拼命把时间省下来，理论上时间增加了，实际上，我们在过程上所花费的时间还是惊人的，那种情形，就像电影大师蒙太奇之父爱森斯坦说的："许多人都以为悲剧使我们流泪，其实不然，是因为我们有流泪的需要，这世界才产生悲剧。"

为了结局所产生的时间压缩，不仅未能使我们有更多空间来悠然生活，反而使我们更忙碌、烦恼、烦躁与不安，在暗地里付出更大的代价犹不自知。

这些代价最大的是，由于拼命想主控外境，反而终日被外境所转，失去敏于深思反省的气质，大部分人一整天在压缩的时间下生活，回到家立刻累倒了，哪有时间思维，做心灵更深刻的开发呢？

其次，生活逐渐分成两边，一边是像吃饭这么"无用"的事物，甚至不肯花超过五分钟来等待，这已经不叫"吃饭"而叫"填鸭"。另一边则是充满快节奏的名利、权位的诱引,整天奋力搏战,大部分人已经不知道放松、舒坦、从容是什么滋味了。

我们的生活如此紧张,所压榨出来的时间做什么用呢?用来"无聊",用来"烦恼",用来"比较",用来"计划生涯",计划怎么走向明日更忙碌的生活里去。

从一个更大的观点来看,生活中实在没有绝对必要的追求,那些在俗眼中绝不可缺的东西,在慧眼里看来都是浮沤泡沫一般。那些自以为做着惊天动地事业的人,有一天老了、死了,世界依然向前滚动。那些在呼叫器、行动电话里的催魂铃声,没有一声可以解决生命的困局。

打开生命的绳结,最好的方法是把时间与空间同等对待,打破过程与结局的界限,使从容与效率一样重要;也就是回到眼前来,使每一刻都变得丰盈而有价值。在这一点上,从前的禅师说的"活在当下""活在眼前""看脚下""喝茶去""吃粥也未""吃饭时吃饭,睡觉时睡觉"已经有很好的见解了。

台湾乡下有一句俗语说:

会吃才会大,会消才会活;

会爬才会跑,会困才会做。

这是认识到平等观照生活而生的智慧之语,吃饭是重要的,它滋养色身使我们长大,但比吃饭更重要的是排泄,一天不吃喝不会怎样,一天不排泄就完蛋了。会跑是重要的,但跑的方法始于爬行。会做是重要的，睡觉却比会做更要紧，铁打的身体三天不睡，也就委顿了。

由生活平等的智慧而产生一句更值得思考的话："吃饭皇帝大。"

意思是吃饭这件事的重要性胜过皇帝，因为从前的农村生活需要力气，力气的来源还是食物的补充，因此把吃饭看得比任何事都重要，即使是皇帝的圣旨驾到，也要等吃过饭再说。

我想起从前割稻的农忙时节，其紧张的状况并不亚于现代人的奔忙，吃饭与点心都是在收割的稻田中进行。每当热腾腾的饭菜从家里挑来，大家就会互相吆喝："来哇，吃饭皇帝大。"然后大家或坐或蹲在田岸吃饭，那样专心与陶醉地吃饭，使我每次回想都感到动容。那种生活里单纯的渴望，在工作与吃饭同等专注的态度，在现代社会已经逐渐被遗忘了。

还有一句大家都知道的"歹竹出好笋"，现在被一般人解释为坏的父母也可能生出好子孙。其实种过竹笋的人都知道原意不是这样，是指如果要竹笋长得好，就要砍掉一部分的杂枝，竹笋才会有足够的养料，"歹"是动词，有"砍"的意思。

我把"歹竹出好笋"解释为，一个人一定要下决心砍除生活中繁复的杂枝，才会长出好的智慧芽苗。维持生活的单纯与专注，是提升慧心最好的方法。

不仅慧心来自每一刻充盈的对待，生命中有情的态度、感恩的胸怀、广大的包容都可能来自从容时的步步莲花。

这种在每时每刻都以全部心情融入的境界叫作"通身是手眼，

无一处不是手眼"；叫作"一月普现一切水，一切水归一月摄"；叫作"好雪片片，不落别处"；叫作"五月松风，人间无价。柳绿花红，江山满目"……

我很喜欢白隐禅师的说法，有学僧问他："为什么说'毛吞巨海，芥纳须弥'？"

他说："清茶一杯，煎饼一只。"

法身无相、法眼无瑕，一个人如果能在一杯清茶、一只煎饼中体会生命真实的滋味，随时保有横亘十方、纵横三际的气势；行于所当行，止于不可不止的胸襟；那么，生活从容一些，情感单纯一些，追求减少一些，效率舒缓一些，又有何妨？

东方不败与独孤求败

> 最好的人生是五味俱全，有苦有乐，有泪有笑，有爱有恨，有生有死，有低吟有狂歌，有振臂千仞之刚也有独怆然而泪下，酸、甜、苦、辣、咸，此起彼落。

最近，被儿子拉去看徐克导演的《东方不败》，儿子是徐克迷，凡是徐克的电影都要去看，我去看《东方不败》则是对金庸的兴趣大过徐克。

看完《东方不败》之后，心里颇有一些迷思，想起影评人景翔说的，《东方不败》之前标明改编自金庸的小说，其实应该改为"改自金庸武侠小说的标题和人名"，因为这部电影从头到尾，不论情节、人物，都已经与金庸无关了。至于电影音乐为什么还是《笑傲江湖》的同一首，从卅始到剧终，景翔的说法是："因为黄霑还没有想出新的曲子。"

如果把《东方不败》和金庸的小说抽开，那还是一部好看的电影，声光、摄影的品质都在一般国语片之上，节奏之快速、武功之离奇也维持了徐克的一贯风格。

如果要把电影和小说一起看，金庸的小说还是比徐克的电影要有人文精神，想到十几年前，因为这部书里有"东方不败"这样的人物，"葵花宝典"这样的武功，"教主洪福齐天，万岁、万岁、万万岁"这样的讽刺，小说甚至在台湾被禁止出版。

想到十几年前，读金庸的小说像是读鲁迅的小说，由于被禁，读起来既紧张又兴奋。我读的第一部金庸小说是《射雕英雄传》，还是香港的版本，是香港朋友想尽办法才夹带进来的。

大凡金庸的小说都有启示性，像"东方不败"就是一个很好的例子，为了练就绝世武功、一统天下，他不惜自宫，练功练到最后竟性格大变，男女难分。他的一生都从未失败过，一直到死前的那最后一战才失败，而一败则死。

这使我们思考到，失败在一个人的生命中的意义。人生里不免遭逢失败，那么，我们宁可在失败中锻炼出刚健的人格，也不要由于永不失败而造成一个高傲、残缺、暴戾的人格，一个自认为永不失败的人，到最后由于措手不及，那失败往往是极端惨痛的——人生里是不可能永不失败的，因此"东方不败"这样的人物只是一个象征，象征我们处在逆境的时候应有一种坦然的态度，金庸先生写这一人物深彻骨髓，使我确信他一定是深沉了解痛苦的，徐克的电影，则遗憾的是没有这样的人文性。

在金庸小说里，除了"东方不败"，还有一位"独孤求败"令人印象深刻，独孤求败因为武功太高了，从来没有失败过，使他非常痛苦，到处去与人比武，求败而不可得，一生为此而终日郁郁，失败对他来讲竟是如此珍贵，听到天下有武功高的人，甚至愿意奔行千里，去求得一败。

"一生得不到失败，竟是最大的失败"，这是金庸为独孤求败赋予的寓意，我们生命历程的失败近在眼前，往往避之唯恐不及，独孤求败的失败则远在千里，求之而不可得致。

失败对于生命，有如淤泥之于莲花，风雨之于草木，云彩之于天空，死亡之于诞生，如果没有失败的撞击，成功的火花就不会闪现；如果没有痛苦悲哀，怎么能显现快乐与欢愉的可贵？如果没有死亡，有谁会珍惜活着的价值和意义呢？

金庸另一个小说人物老顽童周伯通，由于武功太高了，没有对手，只好每天用自己的左手打右手，感到人生单调，而游戏人间。

我想到，最好的人生是五味俱全，有苦有乐，有泪有笑，有爱有恨，有生有死，有低吟有狂歌，有振臂千仞之刚也有独怆然而泪下，酸、甜、苦、辣、咸，此起彼落。想一想，如果面对一桌没有调味的菜肴，又如何会有深沉的滋味呢？

永不失败的生命与永远在求取失败的生命一样，都将走入偏邪的困局，东方不败与独孤求败正是如此。

水清无鱼、山乱无神，让我们坦然于生活里的痛苦与失败，因为这正是欢喜与成功的养料，没有比这种养料对于人格的壮大、坚强、圆满更有益的了。

我们独饮生命的苦汁，那是为了唱出美丽的高音；我们在失败时沉潜，是为了培养在波涛中还能向前的勇气呀！

心眼同时，会心一笑

尽说拈花微笑是，

不知将底辨宗风；

若言心眼同时证，

未免朦胧在梦中。

　　　　　　——白云守端禅师

　　禅的起源有一个美丽的说法，经典上说："世尊在灵山会上。拈花示众，是时众皆默然，唯迦叶尊者破颜微笑，世尊曰：我有正法眼藏，涅槃妙心，实相无相，微妙法门，不立文字，教外别传，付嘱摩诃迦叶。"短短六十余个字，给我们美丽非凡的联想，禅的开始就是这么多了，除了这些，世尊没有再交什么给迦叶了。

　　我每次想到禅的开始，就好像自己要拈花，又要微笑的样子，心里有着细致的欢喜。直到有一天，我正喝茶的时候品味这段话，突然生起两个想法：

一是，当释迦牟尼佛拈花的时候，幸好有迦叶尊者适时微笑，万一佛陀拈花的时候，灵山会上那么多的菩萨竟没有一个人微笑，这世界就没有禅了。

二是，万一佛陀拈花时，迦叶还来不及微笑，在场的菩萨同时哄堂大笑，那么，这世界也就没有禅了。

因此，"拈花微笑"四个字是多么美。一个是拈花，那样优雅；一个是微笑，那么沉静。两者都有着多么温柔的态度和多么庄严的表情呀！

"拈花微笑"使我想到，佛陀早就想要拈花，而迦叶也早就准备好微笑了，然后，在适当的场地，适当的时间，佛陀的拈花与迦叶的微笑，才使得禅有一种美好的开端。

现在，佛早就离开这个世界，留存在世界的是山河大地还有无数的众生，如果依佛所说，山河大地与六道众生都与如来无异。我们可以这样说，山河大地与我们所遇到的一切众生，无时不刻都在对我们拈花，只可惜我们不知道在适当的时间里微笑罢了。

我觉得，一个人想要进入禅的世界，一定有对世界微笑的准备，这种微笑，是生活的会心。因为，禅不应该有勉力而为的态度，一个人要得到禅，是要进入自然之道，有一种美好安定的心，等待心性开启的一刹那，就好像一朵花等待春天。

禅是一种直观的开悟，而不是推论的知识。禅的智慧与一般知识最大的不同，是知识里使用眼睛与意识过多，常使宇宙的本体流于零碎的片段；禅的智慧是非常主观的，是心与眼睛处在统一状态的整体。

以一朵花为例，没有会心的人看花，会立即想到这花是玫瑰

花，颜色是红色，要剪下插在那里才好看，或者要把它送给别人，我是主，花是客，很难真正知道或疼惜一朵花，对待一朵花，我们多的是理性客观的态度。现在，我们把这种态度翻转，使它进入一种感性主观的风格，我就是花，花就是我，我的存在就像一朵花开在世界，我的离去，就好像花朵的凋落一般，我们只是生命的表象，那么，生命的真实何在？这就是智慧者的看花之道。与人相处，与因缘会面，如果我们也有像看花一样的主观与感性，我们的"会心"就使我们容易有悟。

在禅里有这样的故事：

有一个人走在路上，突然听见一阵凄哀的哭声，走过去一看，原来是一只朝生暮死的小虫在那里哀号。

他就问："你为什么哭？"

小虫说："我的太太死了，我下半辈子不知道要怎么过？"

那个人不禁哑然失笑，因为那时已过了中午，小虫再过半天就要死了，不过，他立即悟到，小虫的半天与我们的半生，在感受上，一样漫长；在实相上，一样短暂！

民国初年的高僧来果禅师，有一次在禅定中突然听到一阵哭喊，他步下禅床，循声而往，看到一只跳蚤从床上跌下来，摔断了脚，正在那里哀号。那时他知道了：跳蚤的喜怒与人无异，而人如果只有生命的表相，又和跳蚤有什么不同呢？

我们在生活中，一切都是现成的，就在我们的眼前，可是常常被我们变成名相，如果能转回原来的面目，禅心就显露了。

曾经有一位僧人问法眼文益禅师："要如何披露自己，才能与道相合？"

法眼回答说："你何时披露了自己，而与道不相合呢？"

我们在对境时常发生两种情况：一种是对境界的漠然，以至于无感；一种是处处着相，以致为境所迁累。我们应该时时保有会心的一笑，心眼同时的直观，然后在感性的风格里超越。

法眼文益有一首美丽的诗：

> 幽鸟语如簧，柳摇金线长。
>
> 云归山谷静，风送杏花香。
>
> 永日萧然坐，澄心万虑忘。
>
> 欲言言不及，林下好商量。

在生活的会心里，我们时常做好一笑的准备，会使我们身心自在，处在一种开朗的景况，也使我们的心为之清澄，那么，不可思议的一悟就准备好了，只等待那闪电的一击。

手中的弓箭，离弦射出的时候，早已在眼中看到天空飞行的雕随箭而落。这是神射手的境界。

闭着眼睛在阴雨的黑夜，知道月亮或圆或缺并不失去，在好天气时，果然看到月的所在和月的光芒，这是明眼人的境界。

当法眼说："看万法不用肉眼，而是透过真如之眼，即法眼道眼。道眼不通，是被肉眼阻碍了。"使我们知道禅师是心、眼合一的神射手！是处处都有会心的明眼人！

因此，拈花的时候，微笑吧！不拈花的时候，准备好微笑吧！

第六部分

风与白云之间

故乡与爱就是最好的范本，
在风与白云之间，
有一群人在无限的时空中相遇，
共同生活与呼吸，
这就是最值得珍惜的因缘了！

抹茶的美学

日本茶道走到最后有两个要素，一是个微锈、一个是朴拙，都深深影响了日本的美学观，日本的金器、银器、陶瓷、漆器，甚至大到庭园、建筑都追求这样的趣味。

日本朋友坚持要带我去喝日本茶，我说："我想，中国茶大概比日本茶高明一些，我看不用去了。"

他对我笑一笑，说："那是不同的，我在台北喝过你们的功夫茶，味道和过程都是上品，但它在形式上和日本的不同，而且喝茶在台北是独立的东西，在日本不是，茶的美学渗透到日本所有的视觉文化，包括建筑和自然的欣赏。不喝茶，你永远不能知道日本。"

我随着日本朋友在东京的大街小巷中穿梭，要去找喝茶的地方，一路上我都在想，在日本留了一些时日，喝到的日本茶无非是清茶或麦茶，能高明到哪里去呢？正沉思间，我们似乎走到了一个茅屋的"山门"，是用木头与草搭成的，非常的简单朴素，朋友说我们喝茶的地方到了。这喝茶的处所日语叫 Sukiya，翻成中文叫"茶室"，对西方人来讲就复杂一些，英文把它翻成 Abode of Fancy（幻想之居）、Abode of Vacancy（空之居），或者 Abode of Unsymmetrical（不称之居），光看这几个字，让我赫然觉得这茶室不是简单的地方。

果然，进到山门之后，视觉一宽，看到一个不大不小的庭园，零落地铺着大小不一的石块，石与石间生长着短捷而青翠的小草，几株及人高的绿树也不规则地错落有致。走进这样的园子，人仿佛走进了一个清净细致的世界，远远处，好像还有极细极清的水声在响。

日本的园林虽小，可是在那样小的空间所创造的清净之力是非常惊人的，几乎使任何高声谈笑的人都要突然失声不敢喧哗。

我们也不禁沉默起来，好像怕吵醒铺在地上的青石一样的心情。

茶室的人迎接我们，送入一个小小玄关式的回廊等候，这时距离茶室还有一条花径，石块四边开着细碎微不可辨的花。朋友告诉我，他们进去准备茶和茶具，我们可以先在这里放松心情。

他说："你别小看了这茶室，通常盖一间好的茶室所花费的金钱和心血胜过一个大楼。"

"为什么呢？"

"因为，盖茶室的木匠往往是最好的木匠，他对材料的挑选，和手工的精细都必须达到完美的地步，而且他必须是个艺术家，对整体的美有好的认识。以茶室来说，所有的色彩和设计都不应该重复，如果有一盆真花，就不能有画花的画，如果用黑釉的杯子，就不能放在黑色的漆盘上；甚至做每根柱子都不能使它单调，要利用视觉的诱引，使人沉静而不失乐趣；或者一个花瓶摆着也是学问，通常不应该摆在中央，使对等空间失去变化……"

正说的时候有人来请去喝茶，我们步过花径到了真正的茶室。房门约五尺，屋檐处有一架子，所有正常高度的成人都要低头弯腰而入室，以对茶道表示恭敬。那屋外的架子是给客人放下所携的东西，如皮包、雨伞、相机之类，据说往昔是给武士解剑放置之处；在传统上，茶室是和平之地，是放松歇息的地方，什么东西都应放下，西方人叫它"空之居""幻想之居"是颇有道理的。

茶室里除了地上的炉子，炉上的铁壶，一支夹炭的火钳，一幅简单的东洋画，一瓶弯折奇逸的插花外，空无一物。而屋子里的干净，好像主人在三分钟前连扫了十遍一样，简直找不到一粒灰——初到东京的人难以明白为什么这样的大城能维持干净，如果看到这间茶室就马上明了，爱干净几乎是成为一个日本人最基本的条件。而日本传统似乎也偏向视觉美的讲求，像插花、能剧、园林，甚至到文学和日本料理几乎全讲究精确的视觉美，所以也只好干净了。

茶娘把开水倒入一个灰白色的粗糙大碗里，用一根棒子搅拌，碗里浮起了春天里松针一样翠的绿色来，上面则浮着细细的泡沫，等到温度宜于入口时她才端给我们。朋友说，这就是"抹茶"了，喝时要两手捧碗，端坐庄严，心情要如在庙里烧香，是严肃的，也是放松的。和中国茶不同的是，它一次要喝一大口，然后向泡茶的人赞美。

我饮了一口，细细地用味蕾品着抹茶，发现这神奇的翠绿汁液苦而清凉，有若薄荷，似有令人清洌的力量，和中国茶之芳香有劲大为不同。

"饮抹茶，一屋不能超过四个人，否则就不清净。"朋友说："过去，茶道订下的规矩有上百种，如何倒茶，如何插花，如何拿杓子，拿茶箱、茶碗都有规定，不是专业的人是搞不清楚的，因此在京都有'抹茶大学'，专门训练茶道人才，训练出来的人几乎都是艺术家了。"我听了有些吃惊，光是泡这种茶就有大学训练，要算是天下奇闻了。

日本人都知道，"抹茶"是中国的东西，在唐朝时候传进日本，在唐朝以前我们的祖先喝茶就是这种搅拌式的"抹茶"，而且用的是大碗，直到元朝蒙古人入侵后才放弃这种方式，"抹茶"反倒在日本被保存了下来。如今日本茶道的方法基本上来自中国，只是因时日既久融成为日本传统，完全转变为日本文化的习性。

现在我们的茶艺以喝功夫茶为主，回过头来看日本茶道更觉得趣味盎然。但不论中日的茶道，讲的都是平静和自然的趣味。日本茶道的规模是十六世纪时茶道宗师千利休所创，曾有人问他茶道有否神秘之处。他说："把炭放进炉子，等水开到适当程度，加上茶叶使其产生适当的味道。按照花的生长情形，把花插到瓶子里，在夏天时使人想到凉爽；冬天使人想到温暖。除此之外，茶一无所有，没有别的秘密。"

这不正是我们中国人的"平常心是道"吗？只是千利休可能

想不到，后来日本竟发展出一百种以上的规矩来。

在日本的茶道里，大部分的传说都是和古老中国有关的，最先的传说是说在公元前五世纪时，老子的一位信徒发现了茶，在函谷关口第一次奉茶给老子，把茶想成是"长生不老药"。

普遍为日本人熟知的传说，是禅宗初祖达摩从天竺东来后，为了寻找无上正觉，在少林寺面壁九年，由于疲劳过度，眼睛张不开，索性把眼皮撕下来丢在地上，不久，在达摩丢弃眼皮的地方长出了一棵叶子又绿又亮的矮树。达摩的弟子便拿这矮树的叶子来冲水，水有一种神秘的魔力，使他们坐禅的时候可以常保觉醒状态，这就是茶的最初。

这真是个动人的传说，虽然无稽却有趣味，中国佛教禅宗何等大能，哪里需要借助茶的提神才能寻找无上的正觉呢？但是它也使得日本的茶道和禅有极为深厚的关系，过去，日本伟大的茶师都是修习禅宗的，并且以禅宗的精神用到实际生活形成茶道——就是自然的、山林的、野趣的、宁静的、纯净的、平常的精神。

另外一个例子可以反映这种精神，像日本茶室大小通常是四席半大，这个大小是受到维摩经的一段话影响而决定的：维摩经记载，维摩洁居士曾在同样大的地方接待文殊师利菩萨和八万四千个佛弟子，它说明了对于真正悟道的人，空间的限制是不存在的。

我的日本朋友说："日本茶道走到最后有两个要素，一是个微锈，一个是朴拙，都深深影响了日本的美学观，日本的金器、银器、陶瓷、漆器，甚至大到庭园、建筑都追求这样的趣味。说到日本传统的事物，好像从来没有追求明亮光灿的东西，唯一的例外，大概是武士的刀锋吧！"

日本美学追求到最后，是精密而分化，像京都最有名的苔寺"西方寺"，在五千三百七十坪[1]面积上，竟种满了一百二十种青苔，其变化之繁复，差别之细腻，真是达到了人类视觉感官的极致——细想起来，那一百二十种青苔的变化，不正是抹茶上翡翠色泡沫的放大照片吗？

我们坐在"茶室"里享受着深深的安静，想到文化的变迁与流转，说不定我们捧碗而饮的正是唐朝。不管它是日本的，或是中国的，它确乎能使人有优美的感动，甚至能听到花径青石上响过来的足声，好像来自遥远的海边，而来的那人羽扇纶巾、青衫蓝带，正是盛唐衣袂飘飘的文士——呀！我竟为自己这样美的想象而惊醒过来，而我的朋友双眼深闭，仿佛入定。

静到什么地步呢？静到阳光穿纸而入都像听到沙沙之声。

我们离开的时候才发觉整整坐了四个小时，四小时只是一瞬，只是达摩祖师眼皮上长出千千亿亿叶子中的一片罢了。

① 同前105页。——编者注

求好

　　生活品质就是如此简单；它不是从与别人比较中来
的，而是自己人格与风格求好精神的表现。

　　有好多人喜欢讲生活品质，他们认为花的钱多、花得起钱就
是生活品质了。

　　于是，有愈来愈多的人，在吃饭时一掷万金，在买衣时一掷
万金，拼命地挥霍金钱，当我们问他为什么要如此，他的答案是
理直气壮的——"为了追求生活品质！为了讲究生活品质！"

　　生活？品质？

　　这两样东西到底意味着什么呢？

　　如果说有钱能满足许多的物质条件就叫生活品质，是不是所
有的富人都有生活品质，而穷人就没有生活品质呢？

如果说受教育就会有生活品质，是不是所有的大学生都有生活品质，没受教育的人就没有生活品质呢？

　　如果说都市才有生活品质，是不是乡下人就没有生活品质呢？是不是所有的都市人都有生活品质呢？

　　答案都是否定的，可见生活品质乃不是某一阶层、某一地区，或甚至某一时代的专利。古人也可以有生活品质，穷人、乡下人、工匠、农夫都可以有生活品质。因为，生活品质是一种求好的精神，是在一个有限的条件下寻求该条件最好的风格与方式，这才是生活品质。

　　工匠把一张桌子椅子做到最完美而无懈可击的地步，是生活品质。

　　农夫把稻田中的稻子种成最好的收成，是生活品质。

　　穷人买一个馒头果腹，知道同样的五块钱在何处可以买到最好品质的馒头，是生活品质。

　　家庭主妇买一块豆腐，花最便宜的钱买到最好吃的豆腐，是生活品质。

　　整个社会都能摒弃那不良的东西，寻求最好的可能，这个社会就会有生活品质了。因此，我们对生活品质最大的忧虑，乃不是小部分人的品味不良，而是大部分人失去求好的精神了。

　　在一个失去求好精神的社会里，往往使人误以为摆阔、奢靡、浪费就是生活品质，逐渐失去了生活品质的实相，讲而使人失去对生活品质的判断力，只好追逐名牌，用有名的香水、服装、皮鞋，以至名建筑师盖的房子，来肯定自我的生活品质，这是为什么现代社会名牌泛滥的原因。

有钱人从头到脚，从房子到汽车，从音响到电视用的都是名牌，那些名牌多得让人忘记了自己的名字。

一般人欣羡之余，心生卑屈，以为那是生活品质，于是想尽方法不择手段去追求"生活品质"，甚至弄到心力交瘁、含恨而死。君不见被警察抓到的大流氓乃至小妓女，戴劳力士，开进口车，全身都是名牌吗？

真正的生活品质，是回到自我，清楚衡量自己的能力与条件，在这有限的条件下追求最好的事物与生活。再进一步，生活品质是因长久培养了求好的精神，因而有自信、有丰富的内心世界；在外，有敏感直觉找到生活中最好的东西；在内，则能居陋巷而依然能创造愉悦多元的心灵空间。

生活品质就是如此简单；它不是从与别人比较中来的，而是自己人格与风格求好精神的表现。

卖茶老妇

个人一生能找到一个清洗心灵的地方，像龙山寺的老人茶座，概率有多大？即使能找到相同的地方，年岁也大了，心情也不同了。裤袋夹一本诗集、买一张车票跳上火车的心情恐怕也没有了。

在淡水高尔夫球场，正下着细雨，没有风，那些被刻意修整平坦的草地，在雨中格外有一种朦胧的美。

我坐在球场的三楼餐厅举目四望，有一种寂寞的感觉包围着我，看着灰色的天空，我深切地感到，年轻时一串最可贵的记忆已经在这雨里濡湿而模糊了。

那是因为刚刚我为了避雨，曾想到淡水龙山寺去喝一壶老人茶，在幽黯的市场里转来转去，走到龙山寺门口，我完全为眼见的景象吓呆了，因为原本空旷的寺中庭院，正中央坐着一座金色的巨佛，屋顶也盖起来了。旧日的龙山寺被一片金的、红的颜色取代，不似往昔斑驳的模样。

我问着寺前的小贩："龙山寺不卖老人茶了吗？"

小贩微笑着说："早就不卖了。"

"那位卖茶的老太太呢？"

"因为龙山寺要改建，没有地方卖茶，她被赶走了。"

我坐在寺前的石阶上，几乎不敢相信自己的眼睛和耳朵。龙山寺不卖老人茶了，这对我是一个很大的打击，因为在我的记忆里，龙山寺和老人茶是一体的，还有那位卖茶的独眼老妇。

十几年前，我第一次到淡水龙山寺，就为这座寺庙着迷，并不是它的建筑老旧，也不是它的香火旺盛，而是里面疏疏散散地摆着几张简陋桌椅，卖着略带苦味的廉价乌龙茶，还有一些配茶的小点心。那位老妇人只有一只眼睛，她沉默地冲好了茶，就迈着缓慢的步子走到里面，沉默地坐着。

龙山寺最好的是它有一分闲情，找三五位好友到寺里喝茶，是人生的一大享受。坐上一个下午，真可以让人俗虑尽褪，不复记忆人间的苦痛。

最好的是雨天的黄昏，一个人独自在龙山寺，要一壶乌龙茶，一碟瓜子，一小盘绿豆糕，一只脚跨在长条凳上，看着雨水从天而降，轻轻落在庭中的青石地板上。四周的屋顶上零散地长着杂草，在雨的洗涤下分外青翠，和苍黑的屋瓦形成有趣的对应。更好的是到黄昏的最后一刻，雨忽然停了，斜斜映进来一抹夕阳，金橙色的，透明而发光的。我遇到许多次这样的景况，心灵就整个清明起来。

我喜欢淡水，十几年来去过无数次，并不只是因为淡水有复杂的历史，有红毛城和牛津学堂，有美丽的夕阳，那些虽美，却不是生活的。我爱的是开往对岸八里的渡船，是街边卖着好吃的鱼丸小摊，是偶尔在渡口卖螃蟹的人，是在店里找来找去可以买到好看的小陶碗；最重要的是淡水有龙山寺，寺里有一位独眼老妇卖着远近驰名、举世无双的老人茶。

每次到淡水，大部分的时光我都是在龙山寺老人茶桌旁度过的。选一个清静的下午，带一本小书，搭上北淡线的小火车，慢慢地摇到淡水，看一下午的书，再搭黄昏的列车回台北，是我学生时代最喜欢的事。那是金灿灿的少年岁月，颜色和味道如第二泡的乌龙茶，是澄清的，喝在口中有甘香。

我和卖茶的老妇没有谈过话，她却像我多年的老友一样，常在沉默中会想起她来，可惜我往后不能再与她会面，她的身世对我永远是个谜。

看到龙山寺的改建，驱逐了老妇和她的茶摊，我的心痛是那尊金色巨佛所不能了解的。在细雨中，我一个人毫无目的地在街上走着，回忆龙山寺和我年少时的因缘，以及和我在茶桌边喝过茶论过艺的一些老友，心情和雨一样的迷惘。不知不觉地就走到淡水高尔夫球场，在餐厅里叫了一杯咖啡，却一口也喝不下去。这是富人的地方，穿着高级名贵运动衣的中年男子，冒雨打完球回来休息，谈论着一个人一生能一杆进洞的概率能有多大。

一位微胖的男子说："我打了十几年的高尔夫，还没有打过一杆进洞。"言下不胜感慨。

我想着，一个人一生能找到一个清洗心灵的地方，像龙山寺的老人茶座，概率有多大？即使能找到相同的地方，年岁也大了，心情也不同了。裤袋夹一本诗集、买一张车票跳上火车的心情恐怕也没有了。

龙山寺改建对我是不幸的，它正象征着一轮金色的太阳往海中坠去，形象的美还清晰如昨，可是夕阳沉落了，天色也暗了。

十五楼观点

其实，十五楼和十楼、五楼有什么不同呢？完全是个人的心之所受罢了，一切生活的对待都是因观点不同而产生了悲喜。

我的工作室在十五楼，打开窗户，左边是观音山，正中是阳明山，可以看到半个台北盆地，还有无限的晴空。

来到工作室的朋友，常有两种极端的反应，一种是说：在这么高的房子里，视野开阔、空气清新，并能日日感知青天的白云与黑夜的星月。

另一种是说：哎呀！你怎么住这么高的地方，地震怎么办？台风怎么办？火灾怎么办？他一点也不能享受高楼的好处，就带着惊怕的心情离开了。

我在这里逐渐归纳出来，前者都是生性乐观开朗，他们不论何时何地总看到事物美好的一面。后者则是生性悲观忧郁，他们不管在何时何地都会自然地生起烦恼，由于烦恼使他们常常过着惊怕的日子。

其实，十五楼和十楼、五楼有什么不同呢？完全是个人的心之所受罢了，一切生活的对待都是因观点不同而产生了悲喜，就像十五楼的观点一样。

有一个朋友说："你住这么高，比较接近西方极乐世界呀！"

我听了笑起来，说："为什么极乐世界一定是在高的地方呢？"

只要观点恒常光明，极乐世界就在眼前，一时佛在。

茶禅一味

曹溪禅海的波浪今犹在！可惜的是我们继承了茶的雪沫乳花，却很少人愿意从金黄色的流金岁月中，看看那清湛盈满的心水罢了！

半岭薄云萦，
中天月色清。
秋来多夜坐，
煮茗待钟声。

——圆至禅师

赵州禅师有一个著名公案，就是每当有新到的僧人，他总是会问："你来过这里吗？"

僧人说："来过。"

他就会说："吃茶去！"

然后他问另一位新到的僧人："你来过这里吗？"

那人说："没来过。"

他也会说："吃茶去！"

寺院的院主看了大惑不解，就问道："为什么来过的您也说吃茶去，没来过的也说吃茶去呢？"

赵州于是叫院主的名字，院主答声。

赵州就说："吃茶去！"

这个公案可以参的地方很多，例如道在寻常日用间，例如平等对待，例如任运自在等。历来有许多人解过这个公案，我们今天换一个角度来看看喝茶这件事，在禅宗的修行里占了什么样的位置。

喝茶在从前佛教的丛林是很重要的事，特别是禅寺都设有"茶头"，就是掌管喝茶的人，他的职司包括佛前献茶、众中供茶，或客来馈茶等，凡是有关喝茶的事都是由他主掌。在大丛林里，茶头往往不只一位，而且在首座寮、维那寮、知客寮、侍者寮都设有茶头一职，称为"四寮茶头"，每位茶头下面还有几位杂役供使令，称为"茶头行者"，这样算起来，一座寺院里就有十几位专门以茶为职的人，人数不能说不庞大了。

丛林里还设有"茶堂"，有的是方丈待客之地称为"茶堂"，也有另设茶堂的。每天有固定时间喝茶，喝茶时要打"茶鼓"通知所有的僧众。有一些寺院门前还特设"施茶僧"，为游寺或朝山的人施茶。

在"百丈清规"日用规范里曾说："茶汤之礼乃丛林重要行事，不得慢易仓皇，列位时不得缺席。"又说："若有茶，就座不得垂衣，不得聚头笑语，不得只手揖人，不得包藏茶末。"可见喝茶规矩很多，是一件庄严、清净的事，也可说是修行的一部分、禅定的功课。特别是坐禅时，每坐完一炷香就要下座饮茶，以提神益思，利于开悟。早上起床时，禅僧要先饮茶再礼佛，饭后也是先饮茶再做佛事，因此，一般禅僧一天喝几十碗茶是很普通的。

唐朝以前，寺院里喝的是"加料茶"，就是和香料、果料同煮，称为"茶酥"，到唐代以后，禅茶大盛，遂成为单纯饮茶，不再加味了。

禅僧的善于做茶、善于饮茶、讲究茶礼，都对民间产生了巨大影响。

例如中国许多名茶是寺院种植和制作出来的，像碧螺春茶，产于江苏洞庭山碧螺峰，原名为水月茶，是洞庭山水月院山僧首先制作的。乌龙茶的始祖福建武夷山的"武夷岩茶"，宋元以来以武夷寺僧制作的品质最佳。明代僧人制作的"大方茶"，则是安徽南部"屯绿茶"的前身。

例如现代人所喜爱的紫砂陶壶，是明代江苏宜兴金沙寺的一位老僧创制的，后来成为宜兴壶的代表。

例如被喝茶的人奉为"茶圣""茶神"的陆羽，他出身于寺庙，一生的行迹也没有脱离过寺庙，他的经典作品《茶经》就是遍游各地名山古刹，亲自采茶、制茶、品茶，并广泛吸收僧人的饮茶经验，加以总结的成果。

唐代封演的《封氏闻见记》里说，"开元中，泰山灵岩寺有降魔师大兴禅教，学禅务于不寐，又不餐食，皆许其饮茶。人自怀挟，到处煮饮。从此转相仿效，遂成风俗。"我们想想那时的禅僧带茶壶到处煮饮的情景，特别有一种亲切之感。

不只是喝茶，茶的比赛也是从前在寺庙里就有了的，宋代著名的浙江余杭径山寺，经常举行由僧人、施主、香客共同参加的茶宴，进行品尝、鉴评各种茶叶的品质，称为"斗茶"。当时还发明了把嫩芽茶碾成粉末，用开水冲泡的"点茶法"，这种喝茶的方法后来传到朝鲜和日本，成为"抹茶"，日本人至今还喜爱这种方式，可惜在中国已经失传了。

读了许多禅寺与茶的相关记载，使我们知道茶与禅可以说是"茶禅一味"，因为茶也可以导引我们的心灵通向单纯、超越、无争、宁静、自由，使人能自然地通向禅道，那种纯朴无华、庄严和谐的风格对于禅定也大有功益。雪窦禅师有一首偈颂：

> 前箭犹轻后箭深，
> 谁云黄叶是黄金。
> 曹溪波浪如相似，
> 无限平人被陆沉。

这虽不是写茶的诗，但把"黄叶是黄金"拿来形容茶禅之味，却是非常恰当的，对庸俗以黄金为贵的人，可能把禅心茶道看成黄叶一文不值，而对清越高迈的人，一壶好茶比黄金为贵，更不用说茶里有觉悟与菩提之思了。

曹溪禅海的波浪今犹在！可惜的是我们继承了茶的雪沫乳花，却很少人愿意从金黄色的流金岁月中，看看那清湛盈满的心水罢了！

正向时刻

生命里有许多正向时刻，也有许多负向时刻。一个
人快乐的秘诀，便是抓住正向的时刻，使它更充盈；转
化负向的时刻，使它得到清洗。

狗的享受

路过家附近的一家银行，发现门口或坐或趴着五条狗。这五
条狗原来是在市场附近的野狗，我认识的，它们本来各据一处，
怎么会同时坐在银行前面呢？银行对狗的价值应该还不如路边的
面摊，为什么狗不去蹲面摊，而要来蹲银行呢？我感到十分好奇。

更使我好奇的是，这五条狗的脸上都流露出非常满足的神情。
于是我站在那里研究狗为什么这么满足，为什么整条街都不去，
偏偏聚在银行的门口。

十分钟以后，我找到答案了，因为银行的空调开得很强，又是自动门，进出者众，每每有人出入，里面的冷气就会一阵阵被带出。那些狗是聚在银行门口享受冷气呢！

七月，中午，台北，有冷气真享受，连狗也知道。

台北秘籍

与朋友去信义路和基隆路口新开的诚品书店看书，无意间发现一张《台北书店地图》。

地图以浅咖啡色作底，仿佛一页撕下的线装书页，非常淡雅，一张一百元。看到这张地图，我真是开心极了，台北有这么多的书店，台北还是很可爱的。

想到不久前在欧克斯家具店找到的《台北东区市街图》，我想，或者可以出版一本书，书里全是分门别类的地图，例如《咖啡店地图》《书廊地图》《名牌服饰地图》《茶艺馆地图》《花店地图》《古董店地图》《餐厅地图》，等等。

对了，或者可以有一张《特殊商店地图》。例如后火车站有一家很大的"线庄"，历史悠久，只卖各色针线的；基隆路有一家"大蒜专卖店"，只卖各种大蒜的制品；统领百货巷内有一家只卖天然茶的店，好像叫"小熊森林"；松山有一家只卖普洱茶叶的"普洱茶专卖店"……

这些地图可以让我们看出台北的好。

是不是可以邀请许多艺术家，每一位为台北绘一张这样的地图，让初到台北的人也能知道，台北有许多特色，是不逊于欧洲的。

这样一本地图，书名可以叫作"台北秘籍"，副题是"专供初到台北的武林人物在午后秘密修炼"。

呀！想了就很开心。

坐火车的莲花

逛完书店，散步回家，惊见家门口有一株玫瑰和四朵宝蓝色莲花，靠在门上，站立着。

花里夹着一张便条。

原来是一位住在中坜的朋友送的。他从中坜火车站搭车到基隆去看女朋友，看到花店，想买一朵玫瑰花送给女朋友。进了花店，看到四朵宝蓝色莲花，他便联想到我，觉得顺路到松山，先把莲花送我，再到基隆送玫瑰给女友，行程就很完美了。

他在松山下车，步行到我家，原本要放了花就走，但大厦管理员对他说："林先生有黄昏散步的习惯，又穿拖鞋短裤，很快会回来的。"结果我去逛书店，他在门口枯等许久，一直到天黑才离去。

至于那朵要送他女朋友的玫瑰，算算时间，去基隆太晚了，于是就"附赠女友的玫瑰一朵"，他就回中坜去了。

朋友那封短笺，里面有格言似的留话："在这个世间，只要不会伤害别人的事，想做什么，就立刻去做吧。"

我把莲花和玫瑰插在花瓶里，心想，有些朋友真像花园中的花突然绽放，时常令人惊喜，下次也要想个什么方法，让他惊喜一下，或者两三下。

条纹玛瑙

暑假到了，在国外的朋友纷纷回来过暑假。

一个朋友从美国马里兰回来，特地来看我，送了一个沉重的东西给我，说："送你一块石头，不成敬意。"

打开，是一块条纹玛瑙，大如垒球，有一公斤重，上半部纯红，下半部红、黄、白、绿条纹相间，真的是美极了。

"真是谢谢你！"我诚挚地说，企图掩藏心里的狂喜。朋友是腼腆的人，我担心没有掩饰的惊喜会吓到他，所以就刻意淡化了内心的欢喜。

朋友走了，我在书房里抱着那块条纹玛瑙，高呼万岁，不是因为它的昂贵，而是因为它的美，还有超越时空的友谊。

埔里荔枝

在埔里等候"国光"号的车北上，尚有二十分钟，我就在车站附近逛逛。

我看到一家水果行，想到埔里的特产是荔枝和甘蔗，便买了一株甘蔗、十斤荔枝，真不敢相信甘蔗和荔枝都是一斤二十五元，几天前在台北买荔枝，一斤六十元。

"国光"号上，先吃了荔枝，是籽细肉肥的品种，鲜美极了。

然后吃甘蔗，脆嫩清甜，名不虚传，果然是埔里甘蔗。

回到台北，齿颊仍留着香气，四个小时的车程，仿佛只是刹那。

处处莲花开

生命里有许多正向时刻，也有许多负向时刻。一个人快乐的秘诀，便是抓住正向的时刻，使它更充盈；转化负向的时刻，使它得到清洗。

有人对我们深深地微笑；乡间道上的油麻菜开花了；炎热的夏天午后突来了阵雨和凉风；一只凤蝶突然飞过窗边；在公园里偶然看见远天的彩虹；读了一本好书、听了一段动听的音乐……

每天，有一些正向的时光，便有好心情走向明天；时时有正向的时刻，生命便无限美好。日日是好日，处处莲花开。

恒绿之心

枯树云充叶，

凋梅雪作花；

击桐成木响，

蘸雪吃冬瓜。

长天秋水，

孤鹜落霞！

——雪堂道行禅师

　　有一次，陆亘大夫和南泉普愿禅师聊天。

　　陆亘说："僧肇法师曾经说'天地与我同根，万物与我一体'，这说法挺奇怪的，我不太懂。"

　　南泉指着庭院前的花，对陆亘说："时人见此一株花，如梦相似。"（时人看到庭院前的这株花，就好像是梦一样。）

　　读到这样的公案，似曾相识。有人问慧忠国师说："古人曾经说'青青翠竹，尽是法身；郁郁黄花，无非般若'。不相信的人认为是邪说，相信的人认为不可思议，不知道师父的看法如何？"

慧忠国师回答说："这是普贤和文殊的境界，不是一般智浅的人所能信受的。"

在我们身处的宇宙中，一个人能看见青青翠竹是那么青翠有生气，繁茂的黄花是那么鲜艳而美丽，那已经是心思柔软细致的人了。

再进一步，看到翠竹与黄花那样清净不染，那样庄严自在，生起了欢喜、赞叹、感恩的心，这就是能用心灵去生活的人了。

更进一步，知道青青翠竹的青是我们心性相应的流露，郁郁黄花的黄是万有庄严的本然，它在那里散放着芬芳，与我内在的芬芳无异，这就是体验了宁馨亲切的法性之味了。

对于学禅的人，不只要对治内在世界，也要对应外在世界，似乎会比一般人繁忙紧张。其实不然，因为内外的世界并没有什么分别，一个人只要内心里自在盎然、生趣勃勃，外来的事物并不能烦扰他。

禅者在那里吃饭，睡觉，打坐，走来走去，工作流汗，表面上看起来一点也没有异样，其实他是有一点不同的，他了了如如地站在真实的地方，他用真心和直心来生活，不做一些表面的应酬。

我非常喜欢一个故事：

懒瓒和尚隐居在衡山的一间石室，唐德宗很仰慕他，特别派使者请他到皇宫。皇帝的特使到了石室前，高声叫道："圣旨驾到！"

这时懒瓒和尚正在室里烤番薯，被烟熏得鼻涕泪水直流，根本没有动一动。

特使看到里面没有动静，就派小吏进去观看究竟，小吏看到和尚满脸眼泪鼻涕，乌黑一片，说："和尚！请你把鼻涕擦一擦，以便迎接圣旨！"

语音未落，懒瓒就说：

"我没有闲工夫为俗人擦鼻涕！"

说时头也不抬，继续烤番薯。

我喜欢这个公案，乃是由于它让我们看见了一位禅师是多么自在、气派，他有个清净心就很够了，何必在乎世俗的应酬呢？另一个原因是，我小时候常烤番薯，很知道满脸乌黑、眼泪鼻涕的景况，就更能体会禅师那无染的赤子之心。

当然，彻悟的禅师也不一定都是不理一切俗事的。有一次，一位大官问赵州禅师："伟大的师家，还会不会下地狱？"赵州说："我是第一个进地狱的。"

"像您这么伟大的禅师，为什么还会沉沦到地狱去呢？"大官问。

赵州说："如果我不入地狱，谁来救你呢？"

禅师连最苦的地狱都不避，何况是俗事俗人呢？但是禅师的这种心情并不是俗人心肠，而是超越的，就仿佛在冬雪中还能以翠绿的心来生活着。

性格不同的禅师，有不同的态度，赵州说："云有出山势，水无投涧声。"那不为俗人擦鼻涕的禅师就像一朵云飘出山谷；而那些以悲心入世的禅师则有如水投入涧水，并不会溅起波澜。这也是慈明禅师说的"无云生岭上，有月落波心"呀！

言行不同，心境如一！

洞山良价曾写过一首诗，很能表达这种心情：

　　洗净浓妆为阿谁，

　　子规声里劝人归。

　　百花落尽啼无尽，

　　更向乱峰深处啼！

声声叫唤着人回返自性的禅师，多么像高声叫唤的子规（杜鹃鸟），在百花落尽时，还向着乱山最深的地方啼叫着。

我们对照着文章前引用的雪堂道行禅师的诗，我把它译成白话：

　　枯树叶落尽了，

　　以白云为叶；

　　梅花凋谢完了，

　　以白雪作花。

　　敲击梧桐树时，

　　会发出美好的音乐；

冬瓜蘸着雪吃，

也有很好的滋味。

秋水共长天一色，

落霞与孤鹜齐飞。

　　是多么优美的诗呀！这是表白了禅者的心是安顿在一片活泼的、永远青翠的地方，这地方叫作"空性""自性""佛性"，它是活的，不是死的，它是死过再活起来的那个活！

花籽

　　人也是一个平凡的茼蒿的花籽，不管气候如何，不管哪里是落脚的地方，只要有生机沉埋心中，即使在陌生的土地上，也会吐芽、开花，并且结出新的花籽。

　　三年前我退役，背着袋子要北上的时候，爸爸取出一罐小瓶子，里面是他亲手培养出来的花籽。他小心翼翼地交给我说："你到台北后，如果有一个花园，就把它种了。"我便带着这个小瓶子和一袋故乡的泥土上台北。

　　我很想马上把它种了。

　　可是上台北后，一直过着租赁的日子。住在小小的公寓中，难得找到一撮土地，更不要说一个花园了。那罐父亲的花籽便无依地躺在我的袋中，随着我东飘西荡。每次搬家看见那些花籽，就想起每日清晨在花园中工作的父亲。什么时候才能找到一个花园呢？我总是想。

最近，我找到一个有花园的房子，又因为工作忙碌，就把花籽摆在鞋柜里。有一天，我拉开鞋柜看到那一罐花籽和那一袋泥土，就把它们撒在家前的花园里。

那时候已经是严冬了，花籽又摆了三年，到底会不会活呢？我写信告诉爸爸，爸爸回信说："只要有土地，花籽就可以活。"他又附寄来一包肥料。

我每天照料着那一片撒了花籽的土地，浇水、施肥，在凛冽的寒风中，我总是担心着，也许它就会埋在土地里断丧了生机吧！

在冬天来临的第二个月，有一天我开窗的时候，突然发现一群花籽吐了新芽。那些芽在浓郁的花园里，嫩绿到叫我吃惊。是什么力量，让那一罐从南台湾带来的花籽，在北地的寒风中也能吐露亮丽的新芽呢？

花籽吐芽的那几日，我常兴奋得无法睡去，总惦念着那些脆弱的花芽。那是什么样的花呢？我问爸爸，他说："等它开了花，你就知道了。"

那个小小花圃中的芽长得出乎意料的快，我几乎可以体知它成长的速度。每天清晨，我都发现它长大了，然后我便像每天面对一个谜题，猜想着那是什么花，猜想着父亲送我这些花是什么用意。我急于知道那个谜题，就更加体贴那些花。

慢慢地，花长大了，我才知道那是一些茼蒿菜。茼蒿菜是一种贱菜，在乡下，它最容易生长，价钱最便宜，而父亲竟把它像礼物一样送给我，那样珍贵。也许父亲是要我不要忘记自己的土地吧！

我舍不得吃那一亩茼蒿，每天还是依时浇水看顾。茼蒿长大了，我从来没有看过那么好看的茼蒿。在市场上，茼蒿总是零乱的、萎缩的；在土地上，茼蒿却是那么美丽而充满生机。

差不多一个月的时间，茼蒿就在严冷的冬天里开了花。那花，是鲜新的黄色，在绿色的枝梗上显得格外温暖。我想，这么平凡的茼蒿花竟是从远地移种来的，几番波折，几番流转，但是它的生命深深地蕴藏着，一旦有了土地，它不但从瓶中醒转，还能在冷风中绽放美丽的花朵。

茼蒿花谢了，在花间又结出许多细小的黑色的花籽，看起来那么小，却又是那么坚韧。我把种子收藏在父亲当年赠我的瓶中，并挖了一舀泥土——是家乡的泥土和客居地的泥土混成的泥土。

或者有一天，我仍要带这花籽和这泥土到别地去流浪；或者有一天，这带自故乡根种的花籽，然后在异乡土地结成的花籽，会长在另外的土地上。

人也是一个平凡的茼蒿的花籽，不管气候如何，不管哪里是落脚的地方，只要有生机沉埋心中，即使在陌生的土地上，也会吐芽、开花，并且结出新的花籽。

心的品质

宗教文化事实上是一个民族美学、灵感与创造力的泉源，这泉源来自心灵品质的提升，也可以说寺庙建筑是心的品质最直接的呈现。

世界光如水月，
身心皎若琉璃。
但见冰消涧底，
不知春上花枝。

——憨山德清禅师

与建筑设计师登琨艳谈天，聊到近数十年来台湾地区庙宇的文化艺术，登先生觉得以台湾地区宗教文化的兴盛，理论上应该建造出一些具有美感与时代性的典范建筑，可感叹的是，到现在我们还找不到几个有代表性的建筑。大部分庙宇的粗陋鄙俗，实在到了不忍卒睹的地步。

登先生说："庙宇虽然是表相的事物，但古今中外历史上，只要是宗教文化兴盛的时代，都会创建出许多动人的作品，因为如果在艺术、设计与建筑上没有杰出的表现，如何能象征我们的宗教品质已经达到相当的高度呢？"

基于这样的观点，登先生甚至有一个心愿，只要有人愿意做典范性、富有时代感的庙宇建筑，他愿意免费做设计与监工的工作。登先生并无宗教信仰（或者说他的信仰是建筑设计），他对于台湾地区庙宇的诚挚建言，令我十分感动。他并且觉得在各宗教中，佛教的包容力最大，或许可以由佛教的法师来推动庙宇文化的革新，那将是子子孙孙永远流芳的事业。

我对登先生的看法颇有同感，我们的宗教信仰虽然兴盛，宗教艺术却非常落后，想必是主事者漠视的结果，也可能不只是漠视，而是许多主事者缺乏人文的素养，很少出于美感的考虑，以致建造寺庙虽花费庞大，却很少有精美雅致的作品。另外一个原因是盖寺庙往往出于现实的考虑，很少把眼光放远，以至于想到哪里盖哪里，东一堆西一堆，就难以有宁静宏远之作。

还有一个症结是，寺庙的建筑往往由住持当家做设计、监工的工作，专业的建筑师、设计师、工程师反而沦为副手，外行领导内行，难有品质的提升。

台湾地区的寺庙，以佛教为例，可分为古寺（百年以上的建筑）和今寺两种。古寺由于时代的变迁，往往随意拆除增建，变得格局破坏，面目全非。现代寺庙则以台湾光复后（1945 年

10 月 25 日）为起点，建的寺庙都是古代庙宇的"仿作"，格局虽是参酌古寺，内部构造及设计却又不能沿承古寺，就显得相当奇异而粗糙了。这是以大规模的寺庙来说，有一些小格局的寺庙，既无开阔的气派，又没有茅棚的简朴，看起来像违章建筑一样。

前几天，一些台南市的青年朋友带我去参观台南市的几座古寺，一座是临济宗传承的开元寺，一座是曹洞宗传承的法华寺，还有一座是已有三百年历史的竹溪寺。

其中，开元寺与法华寺破败的门庭，随意改建与搭盖的建筑，看了令人十分心痛，很难想象当年禅宗的道风，从这两座古寺的建筑，我们真实地看到庙宇文化与灵感的重要，而在门口新建的弥勒菩萨像，臃肿俗气，更令人为之气结。

竹溪寺是维持较好、较有美感的寺庙，可惜经过几次彻底整建重修，除了大门之外，已经毫无古代风貌，也不无遗憾。

台湾地区寺庙的文化与美感确实到了不得不正视的地步，我们如果不试图提倡一个改革的、有美感的、有创造力的观点，来挽救僵化的寺庙建筑，日后的寺庙很可能成为各地景观的杀手。

或者有人会说寺庙的建筑和修行有什么相干呢？当然有！宗教文化事实上是一个民族美学、灵感与创造力的泉源，这泉源来自心灵品质的提升，也可以说寺庙建筑是心的品质最直接的呈现，这在中国辉煌的宗教艺术中班班可考，关系是十分密切的。

想想看，如果我们指着一座粗糙俗丽的寺庙，然后对别人说"在 80 年代、90 年代台湾地区的佛教是非常兴盛的"，我们的心里能没有一丝遗憾吗？

庙宇是心的呈现，心是庙宇的本质，每一个心就是一座大雄宝殿，如果我们的心失去了美感的品质、日新又新的品质、海阔天空的品质，那还谈什么禅、谈什么三宝呢？